로크미디어가
유혹하는
재미있는 세상

천외천의 주인 9

2021년 3월 10일 초판 1쇄 인쇄
2021년 3월 15일 초판 1쇄 발행

지은이 한수오
발행인 이종주

총괄 김정수
경영지원 배진경 임혜솔 송지유

기획 팀 이기헌 왕소현 박경무 강민구
책임 편집 오영란

발행처 (주)로크미디어
출판등록 2003년 3월 24일
주소 서울시 마포구 성암로 330 DMC첨단산업센터 3층 318호, 319호
Tel (02)3273-5135 **편집** 070-7863-8596 **Fax** (02)3273-5134
홈페이지 rokmedia.com **E-mail** rokmedia@empas.com

ⓒ 한수오, 2020

값 8,000원

ISBN 979-11-354-9396-6 (9권)
ISBN 979-11-354-8621-0 04810 (세트)

한수오 신무협 장편소설

9

천외천의 주인

| 진화하는 역사歷史 |

차례

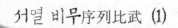

서열 비무序列比武 (1)

큰 강물은 당연하게도 숱하게 흩어진 작은 물줄기들을 포용하고 있다.

　중원의 젖줄인 장강(長江)도 그렇다.

　근원을 찾기 어려운 곳에서부터 시작된 작은 물줄기가 하나하나 모여서 장강이라는 이름으로 대륙을 가로지르는 거대한 강물을 이루는 것이다.

　늘 그렇듯 장강의 샛강이라 불리며 남경 응천부(應天府) 외곽인 율수현(栗水縣)의 경내를 가로지르는 연지하(煙脂河)의 상류, 동계산(東鷄山)의 깊고 외진 계곡에 새벽이 밝아오고 있었다.

　동계산은 그 이름 그대로 동쪽의 능선이 닭처럼 생겼다고 해서 붙여진 이름인데, 그리 작은 산은 아니었지만, 볼만한 경관이 없는 밋밋한 산이라 경사응천부의 인근에 자리했다는 것만 빼면 내세울 것이 하나도 없어서 찾는 사람이 거의 없었다.

그러니 평소라면 동계산의 깊고 외진 계곡에 날이 밝던 땅거미가 지던 관심을 가질 사람이 하나도 없을 터였다.

그러나 오늘은, 아니, 정확히 사흘 전부터는 달랐다.

적어도 한 사람은 날이 밝고 날이 지는 빛과 어둠에 지대한 관심을 가지고 있었다.

밀림처럼 수풀이 우거진 계곡의 깊숙한 내부, 누군가 인위적으로 만들어 놓은 석실에 가두어 둔 소년 백가인(白嘉燐)이 그랬다.

오늘도 그래서 그는 석실 상단에 뚫린 작은 구멍을 통해서 희뿌연 청록의 빛깔로 스미는 새벽의 여명에 번쩍 눈을 뜨며 잠에서 깨어났다.

예전이었다면 노숙을 하다가 새벽이슬에 온몸이 축축하게 젖어도 누가 발로 아프게 걷어차기 전에는 절대 깨어나지 않았을 그였다.

그러나 닷새 전 처음 여기 석실에 가두어졌을 때부터 그는 내내 긴장한 상태로 선잠을 자다가 지금처럼 흐린 여명에도 놀란 토끼처럼 깨어나서 정신을 차렸다.

죽지 않으려는 노력이었다.

그를 잡아다가, 정확히는 그와 사십여 명의 소녀들을 잡아다가 여기 석실에 가둔 자들은 새벽이 밝아오는 이 시간이면 어김없이 찾아와서 그들의 상태를 점검하고, 매번 네 명의 소녀를 어디론가 데려갔기 때문이다.

자칫 그들이 방문한 이후에 잠에서 깨어난다면 다른 아이들과 달리 그들이 먹인 약기운에 취하지 않은 그의 실체가 드러날 수 있었고, 그럼 그대로 끝장인 것이다.

아니나 다를까.

뚜벅뚜벅!

석실 밖에서 발걸음이 들렸다.

백가인은 심호흡을 하며 마음을 다잡고 약기운에 취해서 넋이 나간 듯한 표정, 흐리멍덩한 눈빛으로 입을 반쯤 벌리며 벽에 등을 기댔다.

지금 그와 함께 석실에 감금당해 있는 소녀들 모두가 그런 상태로 앉아 있었다.

이윽고.

철컥!

석실의 철문이 두 사내가 석실로 들어왔다.

두 눈을 공허하게 열어 둔 채 의식적으로 눈동자의 초점을 맞추지 않고 있어서 얼굴을 정확히 확인할 수는 없었으나, 얼추 삼십 대로 보이는 장한 하나와 붉은 당건에 붉은 장포를 걸치고, 얼굴에는 짙은 화장을 해서 사내지만 사내로 보기 어려운 용모의 여장 남자 하나였다.

　나이를 짐작하기 어려운 요사스러운 몰골의 여장 남자가 석실의 벽을 따라 둘러앉은, 정확히는 벽에 기댄 채 앉아 있는 소녀들을 꼼꼼하게 둘러본 다음, 늘 그렇듯 불쑥 손을 내밀어서 두 명의 소녀를 지목했다.

　"너, 너, 너, 그리고 너!"

　백가인은 그야말로 덜컥 심장이 내려앉았다.

　내심 빌고 또 빌었건만, 정말이지 재수 없게도 요사스러운 붉은 의복의 여장 남자의 손가락이 마지막으로 그를 지목했던 것이다.

　여장 남자에게 첫 번째로 지목당한 소녀들이 얼빠진 모습 그대로 일어났다.

　아마도 무슨 주술인 것처럼 보였다.

　그간 보면 소녀들은 무엇에 홀린 것처럼 묵묵히 여장 남자의 지시에 따랐기 때문이다.

　백가인은 최대한 동공을 열고 초점을 맞추지 않은 상태로 그녀들의 뒤를 따라서 일어났다.

　지금으로는 달리 방법이 없었다.

　여기서 여장 남자의 지시에 따르지 않으면 죽음이었다.

　최대한 여장 남자의 명령에 따라 움직이다가 도망칠 기회를 잡아야 했다.

　"따라오너라!"

여장 남자가 소녀들과 백가인을 둘러보며 명령을 내리고는 돌아섰다.

소녀들이 그의 뒤를 따라갔다.

백가인도 최대한 그녀들의 행동을 따라 하며 따라갔다.

여장 남자의 목소리와 눈빛에는 속이 울렁거릴 정도로 묘한 기운이 담겨 있었으나, 백가인은 참고 또 참아서 다행히 내색하지 않고 움직일 수 있었다.

석실의 밖은 자연적인 동굴을 조금 손봐서 만들어진 통로였다.

횃불의 간격이 멀어서 어두침침한데다가, 이곳저곳에서 물방울이 떨어질 정도로 습기가 가득하고 바닥에는 군데군데 물웅덩이가 형성되어 있어서 칙칙하고 음침하기가 짝이 없는 동굴이었다.

그러나 백가인은 어떻게든 빠져나갈 구멍을 찾느라 그 모든 것이 안중에도 없었다.

다행히 석실을 지키는 보초로 보이던 사내 하나는 멀찍이 떨어져서 뒤따랐고, 여장 남자는 소녀들을 이끌고 저만치 앞장서서 걸어가고 있어서 잘만 하면 충분히 도망칠 수 있을 것 같았다.

'동평장(東平場)에서 그리 멀리 오지 않았고, 이내 산길로 접어들었으니, 분명 동계산 아니면 동치산(東峙山)일 거다. 어떻게든 여길 빠져나가기만 하면 살 수 있다!'

동평장은 경사응천부의 동문 밖에서 한 달에 한 번 열리는 오일장이고, 동계산과 동치산은 경사응천부의 동문과 연결된 관도를 가운데 두고 좌우로 병풍처럼 자리 잡은 산들이었다.

백가인은 닷새 전 언제나처럼 동평장으로 일을 나왔다가 납치당해 이곳으로 끌려왔다.

자만과 과욕이 불러온 실수의 결과였다.

간담이 서늘한 전율을 즐긴답시고 제법 무공을 익힌 것으로 보이는 비단옷의 늙은이를 표적으로 삼았다가 역으로 당해 버린 것이다.

늙은이의 품을 뒤지는 순간에 무언가로 뒤통수를 맞아서 정신을 잃었다.

늙은이는 혼자가 아니었던 것이다.

정신을 차려 보니 혼절해서 쓰러져 있는 대여섯 명의 소녀들과 함께 밀폐된 마차에 실려서 어디론가 가고 있었다.

그리고 도착한 곳이 바로 여기, 마치 숨구멍처럼 뚫린 천장 구멍 하나를 제외하면 사방이 밀폐되어 있는 석실이었는데, 마차는 하나가 아니었다.

그는 무려 삼십여 명의 소녀들과 함께 석실에 감금당했다.

석실에 감금당한 소녀들은 울고불고 난리를 치다가 이틀이 지나자 넋이 나가서는 말을 걸어도 멍한 눈빛으로 침만 흘리는 바보가 되었다.

그들은 이틀을 굶기고 나서 넣어 준 만두와 물을 허겁지겁 먹더니 그렇게 변해 버렸다.

미혼약(迷魂藥)이었다.

물과 음식에 미혼약이 섞여 있었던 것이다.

당연하게도 백가인은 미혼약에 당하지 않았다.

물과 만두를 먹지 않았으니, 미혼약에 당할 이유가 전혀 없었다.

낯선 자들이 주는, 그것도 무언가 심상치 않은 납치범들이 주는 음식을 넙죽 받아먹을 정도로 그는 바보가 아니었다.

나이는 어리지만, 조실부모하고 왈짜패의 심부름을 하면서 산전수전 다 겪은 그였다.

하물며 그에게는 남모르는 재주도 있었다.

바로 무공이었다.

물론 어디 가서 자랑할 수 있을 정도로 뛰어난 것은 아니었지만, 강호랑중(江湖郎中)으로, 즉 강호를 떠도는 돌팔이 의원인 사부가 갑자기 이유도 없이 사라지면서 그는 사부가 남겨 둔 비급을 통해서 몇 가지 무공을 습득했는데, 그중에는 견디기 어려운 악조건 속에서도 체력을 지킬 수 있는 운기토납법도 있었다.

비록 그는 운기토납법에 그다지 관심을 가지지 않아서 수박 겉핥기처럼 익히긴 했으나, 그 정도만으로도 몇 날 며칠의 허기 정도는 참고 견딜 수 있는 체력과 정신력을 유지할 수는 있었다.

그래서 정작 문제는 허기보다는 갈증이었는데, 천만다행으로 그 문제는 절로 해결되었다.

천연의 동굴을 개조한 석실의 벽은 축축한 습기로 젖어 있어서 그는 죽지 않을 정도의 갈증은 면할 수 있었다.

다만 아무리 그가 타고난 독종이라도 고작 기초적인 운기토납법에 기대서 무려 닷새 동안이나 물만 먹고, 그것도 벽에 서린 습기만을 빨아먹으며 버틴다는 것은 절대 쉬운 일이 아니었다.

특히 정신은 둘째 치고, 몸이 온전치 않았다.

지금 여장 남자의 뒤를 따라가는 그는 다리가 후들거려서 제대로 걸을 수가 없을 정도였다.

'운동을 해 두는 것이 나았나?'

체력을 지키려고 운동조차 하지 않았다.

그저 뼈마디가 굳지 않을 정도의 움직임만으로 체력을 지켰는데, 이제 보니 약간의 운동은 해 두는 것이 좋지 않았나 싶었다.

백가인은 그런저런 생각을 하며 약에 취해서 넋이 빠져나간 사람의 표정을 주시했다.

그리고 예리하고 예민하게 주변을 살폈다.

석실 밖에 있는 동굴 통로는 외길이라 마땅히 도망칠 구석이 없었다.

대략 이십여 장가량을 가다가 도착한 동굴 통로의 끝에는 석문이 달려 있었고, 그 석문을 넘어서자 드넓은 공동(空洞)이, 즉 지하 광장이 나타났다.

지하 광장으로 들어선 그는 절로 전신이 오싹해졌다.

그곳에서는 요상한 광경이 펼쳐지고 있었다.

지하 광장의 중앙에는 돌로 쌓아 올린 석단(石壇)이 하나 있었는데, 거기에는 그들을 인솔한 자보다 더욱 화려한 붉은 의복과 붉은 가면으로 얼굴을 가린 사람 하나가 서 있었고, 대략 백여 명의 사람들이 그 석단에 놓인 거대한 석관을 중심으로 바닥에 엎드려서 무언가 밀교(密敎)의 진언(眞言) 같은 주문을 암송하고 있었다.

'으⋯⋯!'

백가인은 절로 어금니를 악물며 신음을 삼켰다.

지하 광장을 가득 메우며 고막을 두드리는 사람들의 요상한 주문 소리도 주문 소리였으나, 그에 앞서 콧속으로 확 밀려오는 피비린내가 정신을 혼미하게 했다.

중앙의 석단과 사람들이 엎드린 바닥의 빛깔이 검붉게 반들거리는 것이 그제야 그의 눈에 들어왔다.

피였다.

지하 광장의 석단과 바닥이 온통 핏물로 얼룩져 있었다.

제아무리 독종인 백가인도 그걸 보고 놀라고 당황하지 않을 수 없었다.

아연실색한 그는 움찔 뒤로 물러났다.

필사적으로 버텼으나, 자신도 모르게 몸이 반응을 해 버린 것이다.

백가인은 순간 고민했다.

앞쪽의 여장 남자나 바닥에 엎드린 사람들은 상관없었지만, 뒤를 따르고 있던 사내는 틀림없이 그의 행동을 보고 의심을 품을 수도 있었다.

어쩌면 이대로 돌아서서 도망치는 것이 나을지도 몰랐다.

'여태 데려간 애들이 다 여기서 제물로 바쳐진 거였구나! 그렇다면 이대로 어영부영 가만히 있는 것보다는……!'

백가인은 바보가 아니었다.

바보는커녕 율수현의 왈짜패 사이에서 총명하기로 소문난 아이였다.

지하 광장의 모습을 본 그는 지금까지 붉은 의복의 여장 남자가 데려간 소녀들이 바로 이 자리에서 무언가 의식의 제물로 바쳐졌다는 사실을 대번에 깨달았다.

그때였다.

독하게 마음먹은 그가 뒤쪽의 사내를 확인하려고 은근슬쩍 고개를 돌리려는데, 강한 힘이 그의 뒷목을 잡고 눌렀다.

백가인은 의지와 무관하게 그대로 눌려져서 무릎을 꿇고 바닥에 엎드렸다.

그리고 그제야 깨달았다.

그와 동행한 소녀들이 무릎을 꿇으며 바닥에 엎드리고 있었다.

사내가 조금만 늦었으면 지하 광장에서 서 있는 사람은 그 혼자였을 것이다.

소녀들이 모두 바닥에 엎드린 이유는 석단에 서 있는 붉은 가면을 쓴 인물에게 있었다.

그와 소녀들을 인솔하고 온 붉은 의복의 여장 남자가 석단으로 올라가 붉은 가면을 쓴 인물에게 고개를 숙이자, 붉은 가면의 인물이 대뜸 두 손을 높이 쳐들었고, 그에 반응해 멍하니 서 있던 소녀들이 털썩 무릎을 꿇은 것이었다.

백가인은 바닥에 엎드려서 고개를 숙인 상태로 남몰래 사방을 살펴 그 모든 것을 인지한 다음에야 슬며시 고개를 비틀어서 뒤쪽을 바라보았다.

위험한 행동이었으나, 어쩔 수 없었다.

뒤쪽의 사내가 왜 갑자기 그의 목을 눌러서 무릎을 꿇린 것인지 알아야 했다.

즉, 별다른 생각 없이 그런 것인지 아니면 무언가 다른 의도를 가진 것인지 확인해야 했다.

아무 생각 없이 그랬다고 보기에는 너무나 절묘한 시점이었다.

그랬는데.

"쉿!"

바닥에 엎드린 상태로 살짝 고개만 들어 시선을 마주하자, 뒤쪽의 사내가 손가락을 입술에 대며 조용히 하라는 시늉을 했다.

그리고 놀라서 절로 마른침을 삼키는 그를 향해 사납게 눈을 부라리며 경고했다.

"앞을 봐! 대가리 깊이 숙이고!"

백가인은 급히 사내가 시키는 대로 따랐다.

"너를 만난 내가 재수 없는 건지, 나를 만난 네가 재수 없는 건지 모르겠다만……."

사내가 한숨을 내쉬며 투덜거리다가 이내 매서운 눈초리로 그를 쏘아보며 말했다.

지하 광장에 엎드린 모든 사람들이 암송하는 주문이 나직한 속삭이는 사내의 목소리에 은밀함을 더해 주고 있었다.

"지금부터 내가 하는 말 잘 들어. 그냥 듣기만 해. 나는 여기 애들을 조사하려고 잠입한 개방도 천이탁이고, 속된 말로 오지랖이 넓어서 재수 없게 우연히 만난 너를 그냥 버리고 갈 수가 없어서 그러니 조금 이따가 내가 신호를 주면 무조건 뒤로 뛰어나가라. 광장 문을 나서서 오른쪽으로 가다가 좌측에서 세 번째로 나타나는 동굴이 밖으로 나갈 수 있는 통로다!"

"……!"

천이탁의 말을 들은 백가인은 못내 의심스럽긴 했으나, 그에 앞서 이건 다시없을 기회라는 생각이 들어서 대번에 고개를 끄덕였다.

천이탁의 눈이 커졌다.

"미쳤냐? 듣기만 하랬지!"

백가인은 그제야 굳어져서 절로 마른침을 삼켰다.

천이탁의 말을 듣고서야 자신이 무의식중에 고개를 끄덕였다는 사실을 깨달은 것이다.

천이탁이 눈동자만 굴려서 주변을 살폈다.

백가인도 오싹해진 마음으로 그를 따라 눈동자만 굴려 주변을 둘러보았다.

천만다행으로 그의 행동을 본 사람은 없는 것 같았다.

주변의 모두가 고개를 들어서 전방의 석단에 있는 붉은 가면만 바라보고 있었다.

석단에서 두 팔을 높이 쳐들고 있던 붉은 가면이 그 순간에 장내를 둘러보며 말했다.

"천사봉공(天邪奉公)께 제물을……!"

붉은 복색의 여장 남자가 그에 반응해서 그와 소녀들이 엎드린 방향을 쳐다보며 말했다.

"일어나라!"

소녀들이 조용히 일어났다.

백가인도 어쩔 수 없이 그녀들을 따라서 일어섰다.

붉은 복색의 여장 남자가 그들을 향해 손을 까딱거렸다.

"이리 오너라!"

가장 선두에 서 있던 소녀가 무언가에 홀린 표정으로 발걸음을 옮겨서 석단으로 올라갔다.

천만다행으로 그녀 하나만 그의 부름에 응했고, 뒤쪽의 소녀들은 멍하니 자리를 지키고 있었다.

이제는 어쩌나 싶어서 은연중에 뒤쪽 사내의 눈치를 보려던 백가인이 내심 가슴을 쓸어내리는 그때, 석단의 붉은 가면이 석단으로 올라온 소녀를 석관이 있는 쪽으로 이끌었다.

붉은 가면이 한손으로 그녀의 어깨를 잡고, 다른 한 손을 그녀의 가슴에 댔다.

순간, 장내에 엎드린 사람들의 암송이 커졌다.

붉은 가면의 입에서도 무언가 듣기 거북한 주문이 흘러나왔다.

그리고 한순간.

콱—!

붉은 가면의 손이 소녀의 가슴을 파고들어 갔다.

소녀가 비명도 지르지 못한 채 크게 입을 벌리며 파르르 경련을 일으켰다.

붉은 가면이 그런 그녀의 가슴 속에서 손을 빼냈다.

피범벅인 상태로 모습을 드러낸 그의 손에는 아직도 힘차게 뛰고 있는 그녀의 심장이 들려 있었다.

붉은 가면은 핏물이 뚝뚝 떨어지는 그 심장을 높이 쳐들며 서서히 숨이 넘어가고 있는 소녀를 옆으로 밀쳐 냈다.

그리고 석관의 뚜껑을 열고는 그 위에서 수중에 들린 소녀의 심장을 거세게 움켜잡아서 피를 짜냈다.

심장에서 흘러내린 핏물이 석관의 내부에 뿌려지는 사이, 바닥에 엎드린 사람들이 읊어 대는 암송이 고조에 달하며 뭐라고 형용할 수 없는 기괴한 분위기가 형성되었다.

백가인은 절로 전신이 오싹해지며 헛구역질이 올라왔다.

사람의 피는 원초적인 공포를 유발하는 법이다.

지금 그는 사람의 심장이 사람의 손으로 꺼내지는 광경을 지켜보았으며, 장내를 진창처럼 만든 흥건한 핏물들이 어떻게 생겨난 것인지를 직접 지켜봤다.

참기 어려운 장면들뿐이었다.

그때.

"이런 미친 광신도 새끼들……!"

뒤쪽의 사내, 북개방의 천이탁이 분한 목소리로 이를 갈더니, 다짜고짜 일어나며 그의 등짝을 한 대 갈겼다.

"지금이다!"

백가인은 즉시 돌아서서 사력을 다해 뛰었다.

쾅−!

간발의 차이를 두고 거친 금속성을 동반한 폭음이 터짐과 동시에 누군가의 입에서 뱉어진 경고가 고막을 때렸다.

"침입자다!"

"적이 침입했다!"

경고 뒤로.

쨍—!

다시 금속성의 폭음이 터지고 찢어지는 단말마의 비명이 그 속에 섞였다.

"으아악!"

천이탁이 연속해서 장력을 내지르며 우르르 몰려드는 지하 광장의 사내들을 막아서고 있었다.

대여섯 명의 사내들이 순식간에 피 떡으로 변해서 날아갔다.

가뜩이나 피로 흥건한 장내의 바닥이 붉은 색을 더하며 피 비린내를 물씬 풍겼다.

그러나 백가인은 그런 장내의 광경을 전혀 보지 못했다.

보기는커녕 살벌한 느낌의 그 소리들조차 외면한 채 그저 앞만 보고 달렸다.

천이탁이 일러 준 대로 그는 무조건 달리고 또 달리는 데 사력을 다하고 있었던 것이다.

'우측으로, 그리고 좌측에서 세 번째 동굴!'

백가인은 그러다가 갑자기 마주한 햇살로 인해 눈이 부셔서 발을 헛딛으며 고꾸라졌다.

정신없이, 아니, 미친 듯이 달리다 보니 어느새 동굴을 벗어나 있었던 것이다.

제법 사납게 고꾸라졌으나, 어디를 다쳤는지도 모르게 허겁지겁 일어난 그는 애써 정신을 차리며 사방을 둘러보았다.

통로라면 마땅히 길이 있어야 하는데, 아무리 살펴도 길은 보이지 않았다.

온통 우거진 수풀이었고, 높이 자란 아름드리나무들이 성벽처럼 서서 하늘마저 가리고 있었다.

"젠장!"

백가인은 길 찾기를 포기하며 무작정 내달려서 수풀로 뛰어들었다. 그 순간.

"어휴, 끝까지 걸리적거리네!"

짜증스러운 투덜거림과 동시에 동굴의 입구를 벗어난 바람이 그의 허리를 낚아챘다.

천이탁이었다.

순식간에 지상이 멀어지며 아름드리나무들의 우거진 가지들이 발끝에 걸렸다.

갑작스러운 비상으로 오싹할 정도의 소름이 돋는 것을 느낀 백가인의 시야에 그가 들어왔다.

천이탁은 그를 낚아채서 옆구리에 낀 채로 성벽처럼 앞을 가로막고 있는 아름드리나무들을 뛰어넘었다.

"헉!"

백가인은 절로 헛바람을 삼키며 질끈 눈을 감았다.

살아생전 처음 경험해 보는 경신술이라 아찔하기 짝이 없어서 그대로 눈을 뜨고 있을 수가 없었다.

그런 그의 귓가에 엄청난 속도를 느끼게 해 주는 거친 바람소리가 스쳐 지나갔다.

백가인은 선뜻함을 안겨 주는 그 속도감에 절로 눈을 떴다.

그 순간, 그의 몸이 바닥으로 내동댕이쳐졌다.

보따리처럼 그를 한손으로 옆구리에 끼고 있던 천이탁이 예고도 없이 손을 놓은 것이었다.

"에구구……!"

저절로 죽는 소리를 내뱉으며 바닥을 구른 그는 겨우 중심을 잡고 일어나 천이탁을 노려보았다.

그러나 감히 다른 소리를 할 수 없었다.

천이탁이 두 손을 허리에 걸친 채 그보다 더 사나운 눈초리로 그를 노려보고 있었기 때문이다.

그 상태로, 그가 말했다.

"대충 따돌린 것 같으니, 이제 네 차례. 야, 이 계집애야! 대체 넌 누구고, 고작 그따위 실력으로 천사교(天邪敎)에 잠입한 이유는 대체 뭐냐?"

백가인은 매섭게 노려보는 천이탁을 더욱 매서운 눈초리로 쏘아보며 한마디로 그의 모든 의혹을 풀어주었다.

"다른 이유는 없어요. 저들도 당신처럼 나를 오해했을 뿐이지."

천이탁이 이해하지 못하고 오만상을 찡그렸다.

"대체 그게 무슨 소리야?"

"나 여자 아니라고요!"

백가인은 매섭게 쏘아붙이며 으르렁거렸다.

"남자라고요!"

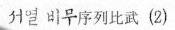

서열 비무序列比武 (2)

남경 응천부의 외곽인 동계산을 밝히는 태양은 공평하게
도 거기서부터 만 리나 떨어진 난주의 중심인 풍잔의 아침을
밝히고 있었다.

풍잔은 이른 아침부터 매우 분주했다.

어제 미처 끝을 내지 못한 광풍대의 서열 비무 때문이었는
데, 상위 서열을 제외한 모든 대원들의 비무가 끝났음에도
불구하고 어제와 같은 인원이 모인 풍무장의 분위기는 어제
보다 더 열기가 뜨거웠다.

모순적이게도 상위 서열을 제외한 모든 대원들의 비무가
끝났기 때문에 그랬다.

요컨대 오늘이야말로 풍잔의 수뇌진과 어깨를 견주는 광

풍대의 십대고수가 결정되는 것이다.

"……어떻게 될 것 같습니까?"

풍무장의 자리가 정리되는 와중에 나온 예충의 질문이었다.

설무백은 잠시 딴생각에 빠져 있느라 듣지 못하고 있다가 풍사가 눈치를 주고, 공야무륵이 어깨를 툭 건드리고 나서야 정신을 차리며 두리번거렸다.

"뭐가 어쨌다고요?"

예충이 피식 웃으며 물었다.

"무슨 생각을 그리 골똘히 하는 겁니까?"

"아니, 그냥…… 전에 심부름을 좀 시켜 놓은 애가 있는데, 너무 깜깜무소식이라…….”

설무백은 대충 말을 얼버무리고는 재우쳐 물었다.

"아무려나, 무슨 얘기예요?"

예충이 잠시 눈치를 보더니 더는 깊게 파고들지 않고 애초의 질문을 다시 했다.

"주군이 보기에는 애들 변동이 어떻게 될 것 같은가 물었습니다."

설무백은 멋쩍게 어깨를 으쓱였다.

"그건 나보다 풍 아재가 더 잘 알지 않을까요?"

그는 시선을 풍사에게 돌렸다.

그의 시선을 받은 풍사가 그저 웃었다.

천외천의
주인

예충이 말했다.

"그 녀석 얘기는 이미 들었습니다. 그래서 주군께 물어본 겁니다. 주군은 또 어떻게 보시나 해서……."

"아……!"

설무백은 이제야 이해하고는 대답에 앞서 아래쪽에 앉아 있는 광풍대의 상위 십위권의 인물들을 천천히 둘러보았다.

풍사의 뒤를 이은 열네 번째 대랑인 천타를 위시해서 이랑 청면수(靑面獸), 삼랑 노사, 사랑 구익조, 오랑 소우, 육랑 무면호(無面虎), 칠랑 아인, 팔랑 철우, 구랑 맹효, 십랑 삼안갈이 바로 그들이었다.

"아무리 봐도……."

이윽고 그는 특유의 미온한 미소를 띤 얼굴로 고개를 저으며 예충을 보았다.

"자기 자리를 내놓을 사람이 없는 걸요?"

"……."

예충의 얼굴이 묘하게 일그러졌다.

설무백은 뒤늦게 그의 표정을 보고 묻지 않을 수 없었다.

"뭡니까, 그 표정은?"

"그게……."

풍사가 웃는 낯으로 예충의 대답을 가로챘다.

"저도 그렇게 말했거든요. 쟤들은 자리 변동이 없을 거라고요."

설무백이 가만히 고개를 끄덕이며 예충을 보았다.

"예 노의 생각은 다른 모양이죠?"

예충이 잠시 뜸을 들이다가 멋쩍은 얼굴로 변해서 말문을
돌렸다.

사실은 그도 같은 생각을 했던 것이다.

"그렇다면 남은 건 결국 쟤들뿐이네요."

광풍대의 서열 비무에 참가하겠다고 선언한 대력귀와 철마
립, 화사, 사문지현, 엄비연 등을 두고 하는 말이었다.

어제의 말미에 일차로 이칠과 양의를 포함한 서른일곱 명
이 도전을 했으나, 아쉽게도 거의 모두가 패배를 기록했다.

백사방의 이칠이 광풍사십사랑을, 대도회의 양의가 광풍사
십오랑을 누르고 승리한 것이 그나마 그들의 아쉬움을 달래는
위로였다.

예충을 사사한 이칠과 양의를 제외하고는 백사방과 대도회,
홍당의 그 누구도 광풍대의 높은 벽을 넘지 못했던 것이다.

"……그러네요."

설무백은 따로 자리를 마련해서 모여 있는 그들, 대력귀 등
에게 시선을 주었다.

그만이 아니라 그와 예충의 대화에 귀를 기울이고 있던 상
석의 모두가 그들을 주목하고 있었다.

제갈명이 그런 그들의 모습을 둘러보며 슬금슬금 다가와서
히죽 웃는 낯으로 손바닥을 비볐다.

"시작할까요?"

설무백은 팔짱을 끼며 한차례 고개를 끄덕이는 것으로 승낙했다.

제갈명이 정말이지 기대가 된다는 표정으로 광풍대원들의 가장 윗자리에 서 있는 천타에게 시선을 주었다.

천타가 바로 자신의 아랫자리에 줄지어 앉아 있는 광풍대의 서열 십위권의 인물들을 차례대로 둘러보고는 말석에 앉은 광풍십랑 삼안갈에게 물었다.

"선택해라. 누구냐?"

삼안갈이 자리에서 일어나서 주변의 동료들에 이어 상석의 설무백에게 공수하며 고개를 숙였다.

"저는 부족함을 느끼고 이번 기회를 포기하겠습니다."

설무백은 가만히 고개를 끄덕였다.

상석에 앉은 모두가 그와 비슷한 표정으로 고개를 끄덕였다.

상황이 모두의 예상대로 돌아가고 있었다.

그러나 그런 그들의 예상은 그다음 순간에 여지없이 깨져 버렸다.

삼안갈이 자리에 앉기 무섭게 일어난 광풍구랑 맹효가 모두의 예상을 깨고 도전에 나섰다.

"육랑 무면호에게 도전하겠습니다!"

광풍육랑 무면호는 보통의 체구에 별다른 특징 없이 밋밋한 얼굴의 소유자라서 어디서나 쉽게 마주칠 수 있을 것처럼 흔해 보이는데다가, 어지간한 일에도 감정의 기복을 잘 드러내지 않고 조용해서 늘 자리에 있어도 잘 티가 나지 않는 사내였다.

오늘도 그랬다.

맹효의 선택을 받자 슬그머니 자리에서 일어나서 어기적거리며 비무장으로 나서는 그의 모습은 흥미 따위와는 거리가 멀었다.

마치 싫지만 어쩔 수 없이 끌려 나가는 오리새끼처럼 보였다.

풍사가 그 모습을 주시하며 비무장에 서 있는 맹효를 바라보며 중얼거렸다.

"저 자식, 어울리지 않게 여우 짓을 다하네요."

설무백은 심드렁하게 말을 받았다.

"욕심이 과한 것은 아니고?"

풍사가 의외라는 눈치로 바라보았다.

"분명 욕심나서 어울리지 않게 여우 짓을 하는 거겠지요. 그런데 과하다? 맹효가 질 거라고 생각하시나요?"

설무백은 대수롭지 않게 반문했다.

"풍 아재는 왜 맹효가 이길 거라고 생각해?"

풍사가 주저하지 않고 대답했다.

"전에 말씀드렸다시피 맹효는 주군께서 전해 주신 오대풍

령무를 거의 다 완벽하게 습득했습니다. 반면에 무면호는 오직 풍령도 하나만을 연마했을 뿐입니다. 무면호가 그간 보면 무공에 별로 관심이 없는 놈이 아니었는데, 왜 다른 풍령무들을 등한시했는지는 저도 선뜻 이해하기 어려운데…….”

그는 잠시 고개를 갸웃했으나, 이내 단호한 어조로 결론을 내렸다.

“아무튼, 내공은 무면호가 조금 앞설지 모르나, 모든 면에서 맹효에게 역부족입니다.”

설무백은 이제야 풍사의 말을 이해했다는 듯 고개를 끄덕이며 말했다.

“여우 짓이라는 뜻이 그거였어? 무면호가 다른 무공을 등한시해서?”

풍사가 인정했다.

“아무래도 그렇죠. 비슷한 경지라면 보다 더 다양한 무공을 섭렵한 맹효가 유리하지 않겠습니까.”

설무백은 의미심장한 눈빛을 드러내며 불쑥 물었다.

“내가 예전에 광풍대와 함께 무저갱 주변을 정리하고 다닐 때 무면호를 두고 했던 말 기억나?”

풍사가 잠시 기억을 더듬는 표정이다가 이내 기억난 듯 눈을 빛내며 말했다.

“아, 그거요. 천타의 뒤는 아마도 무면호가 이을 것 같다는, 그거 말이죠?”

"잊어버리고 있었던 것을 보니, 내 말이 그다지 신빙성 없게 들렸나보네?"

"아무래도 그렇죠. 무면호를 무시하는 건 아닙니다만, 매사에 무심하고 심드렁한 그와 광풍대의 우두머리는 어울리지 않았습니다. 집요한 구석이 없는 애가 광풍대를 이끌 수 있다는 생각은 전혀 할 수 없었으니까요. 실력이나 능력이 아니라 성격의 문제인 거죠."

설무백은 혀를 찼다.

"정말 그렇게 생각한다면 풍 아재도 오늘 무면호에게 한 수 배우겠군."

풍사가 어리둥절해했다.

"예?"

"무면호는 광풍육랑이야."

설무백은 의미심장하게 잘라 물었다.

"매사에 심드렁하고 무심하기만한 사람이 거칠고 사나운 애들만 득실거리는 광풍대에서 서열 육위의 자리에 오를 수 있을까?"

"……!"

풍사의 안색이 변했다.

이제야 그도 자신의 판단에 무언가 오류가 있었다는 것을 느낀 것이다.

설무백은 특유의 미온한 미소를 흘리며 부연하듯 이어서

말했다.

"'백련부여일전(百練不如一專)이니, 부파천초회(不怕千招會)이고, 취파일초숙(就怕一招熟)이다.'라는 말이 있지. 내가 처음 무공을 배우기 시작할 때 주워들은 무언(武言)인데, 백 가지 익히는 것보다 하나에 정통한 것이 나으므로, 천 초를 펼 수 있다고 하여 두려워 말고, 한 초가 숙련되었음을 두려워하라, 라는 얘기지."

풍사의 얼굴이 묘하게 일그러졌다.

무언가 느끼는 바가 많기는 하나, 과연 정말 그럴까 하는 의혹을 버리지 못한 표정이었다.

설무백의 장담이나 풍사의 의혹과 상관없이 그들이 자리한 계단 아래, 비무장에서는 맹효와 무면호의 싸움이 시작되고 있었다.

선공은 역시나 자신만만한 맹효였다.

특이하게도 맹효의 등에는 광풍대의 상징과도 같은 협인장창을 비롯해서 각기 길고 짧은 두 자루 씩의 검과 도가 매달려 있었다.

가죽으로 만든 검갑과 도갑, 창갑을 부채꼴모양으로 이어서 봇짐처럼 등에 짊어질 수 있도록 만든 것이었다.

맹효는 서로 간에 공수를 끝내는 순간, 등에 장착한 병기들 중 깃발처럼 높게 치솟아 있던 협인장창을 뽑아서 무면호에게 내던지며 득달같이 그 뒤를 따라갔다.

직선으로 뻗어 나가는 창의 뒤를 그림자처럼 따라붙는 그의 품에는 각기 두 손에 움켜쥔 검과 도가 새파란 기운을 뿜어내고 있었다.

"선제공격이 투창(投槍)이라니, 창술로는 무면호를 이길 수 없다는 생각에 일단 써먹고 버리겠다는 생각인가?"

내내 침묵하던 예충의 예측이었다.

풍사가 말을 받았다.

"일단 써먹는 것치고는 예리하네요."

설무백은 그들의 말과 상관없이 심드렁하게 단정했다.

"끝났군."

상석에 앉은 모두가 어리둥절한 눈치를 드러냈다.

무면호의 우세를 예견하고 있던 설무백의 반응이 이처럼 태연하다는 것은 여전히 무면호의 우세를 점치고 있다는 뜻인데, 실제로 그들의 눈앞에서 펼쳐지고 있는 상황은 전혀 그렇게 보이지 않았기 때문이다.

그런데 그때였다.

챙—!

예리한 금속성이 터졌다.

무면호가 앞으로 한 발 나서며 수중의 환도(環刀)를 휘둘러 직선으로 쏘아져 오던 창극을 정확하게 후려치는 소리였다.

방향이 틀어진 창이 무면호의 측면을 스쳐 지나갔다.

창의 뒤를 그림자처럼 따라오던 맹효가 그 순간에 가슴에 품고 있던 검과 도를 좌우로 크게 펼쳤다.

흡사 거대한 가위를 쓰는 것 같았다.

그의 검과 도에 실린 기운은 그처럼 크고 강렬했다.

하물며 무면호는 앞으로 나서며 쇄도하는 창을 쳐 낸 상태였다.

맹효는 앞에 내세웠던 창이 사라질 것을 이미 예상한 것처럼 무면호가 창을 쳐 내는 순간과 동시에 수중의 검과 도를 펼친 것이다.

무면호의 입장에서는 반사적으로 달려들어 칼을 휘둘러서 거대한 화살처럼 빠르게 쇄도하는 창극을 쳐 내는 순간에 벌어진 일이었다.

피하고 싶어도 피할 수 없고, 물러나고 싶어도 물러날 수 없는 상황이었던 것이다.

"아……!"

지켜보는 모두가 무면호의 참담한 패배를 직감하며 걱정 어린 탄성을 흘리는 그때.

챙―!

강렬한 금속성이 터지며 맹효의 입에서 당황의 신음이 흘러나왔다.

"헉!"

맹효는 크게 당황했다.

분명 창극을 후려치느라 옆으로 기울어진, 아니, 기울어지고 있던 무면호의 환도가 어느새 전방에 세워져 가위처럼 썰어 대려는 맹효의 검과 도 사이를 가로막은 것이다.

당황할 수밖에 없는 것이 무면호의 환도는 달리 환두대도(環頭大刀)로 불릴 정도로 보통의 칼과 달리 거의 다섯 자에 달하는 장도(長刀)다.

무면호는 어지간한 완력의 소유자라 남들은 두 손으로 사용하는 그 환도를 평범한 덩치와 어울리지 않게 한 손으로 사용했는데, 덕분에 두 손으로 사용하는 것보다는 자유로운 초식을 구사할 수 있었으나 대신에 무게감이 없고 상대적으로 느렸다.

적어도 광풍대의, 아니, 이제는 풍잔의 모두가 아는 무면호의 도법은 그랬다.

맹효도 그렇게 알고 있었다.

그러나 지금 무면호가 펼친 독문절기인 파풍도법(破風刀法)은 모두가 아는, 그래서 그가 사전에 충분히 대비했던 도법과 달랐다.

무엇보다도 속도가 그랬다.

지금의 무면호는 전날의 무면호와 달리 한손으로 사용하는 환도를 두 손을 사용하는 것과 같은 속도를 냈다.

화살처럼 쏘아진 투창을 후려친 환도가 어느새 방향을 틀어서 곧바로 이어진 맹효의 연환격을 막아 낸 이유가 바로 거기에 있었던 것이다.

그런데 무면호가 펼친 파풍도법의 변화는 단지 속도만이 아니었다.

무게가 엄청나게 더해졌다.

다른 사람은 몰라도 직접 비무를 하고 있는 맹효는 그것을 느낄 수 있었다.

가위처럼 펼쳐지려던 검과 도의 중동을 파고든 무면호의 환도는 단지 맹효의 공격을 막는 방어가 아니라 보다 적극적인 반격이었다.

눈부신 속도에 엄청난 무게를 실은 환도는 마치 거대한 바위처럼 그의 검과 도를 깨부술 듯이 아주 강하게 밀어붙이고 있었다.

까가각─!

환도의 서슬이 맹효의 검과 도의 사이에 맞물림과 동시에 듣기 거북한 쇳소리가 일어나며 불똥이 튀었다.

무면호의 환도는 밀고, 맹효의 검과 도는 버티는 와중에 일어나는 파열음과 경기의 비산이었다.

와중에 맹효의 두 발이 발목까지 땅을 파고 들어갔다.

무면호의 환도에 실린 기세가 그처럼 막강했던 것인데, 맹효는 결국 포기하고 물러나야 했다.

충돌한 그 순간부터 진땀을 흘리며 막고 버티기에 급급했던 맹효와 달리 한손으로 다섯 자에 달하는 환도를 움켜잡은 채 밀어붙이는 무면호의 기색은 애초의 표정 그대로 일말의

흐트러짐도 없었다.

이건 너무나도 확연하게 드러나는 힘의 차이였고, 다른 누구보다도 당사자인 맹효가 분명하게 느낄 수 있었다.

그러나 맹효는 그것을 인정하지 않았다.

오기가 그렇게 만들었다.

자신의 능력을 자각한 이후 단 한 번도 의지가 꺾이거나 실패를 맞본 적이 없던 그는 처음으로 맞이한 패배를 도저히 인정할 수가 없었다.

보다 솔직히 말하자면 그는 지금 자신이 무슨 일을 겪고 있는 것인지조차 이해하기가 어려웠다.

이대로 버티고 있다가는 매우 위험해진다는 것도 자각할 수 없을 만큼 그는 그가 패배했다는 것에 충격이 컸다.

반면, 인정하기 어려운 패배 앞에서 이지를 상실해 버린 그의 감정 상태를 무면호가 읽었다.

무면호는 환도를 슬쩍 당겨 과중하게 밀어붙이던 힘을 줄였다.

맹효를 다치지 않게 하려는 그의 배려가 분명했다.

하지만 맹효는 그런 그의 배려를 무시했다.

아니, 이용했다.

"……?"

자신을 압박하던 환도의 과중한 압력이 줄어든 것을 느낀 맹효는 중도에 막혔던 수중의 검과 도를 본능적으로 밀어붙이며 사력을 다해서 좌우로 펼쳤다.

좌악-!

노도와 같은 검기와 도기가 일어났다.

환도에 실린 힘을 거두고 비무를 끝내려 했던 무면호의 입장에서는 도저히 예상하지 못한 공격이었다.

막을 수도, 피할 수도 없는 상황에 빠진 무면호는 재빨리 뒤로 물러나며 수중의 환도를 앞으로 내밀었다.

자신이 받을 타격을 최소화하려는 임기응변이었다.

그런데 그때, 그의 신형이 뒤로 당겨지면서 그를 대신해 아무렇지도 않게 두 손을 내밀어서 맹효가 휘두른 검과 도를 움켜잡은 사람이 있었다.

설무백이었다.

그가 앉아 있던 상석과 횟가루를 뿌려서 그려 놓은 비무장과의 거리는 족히 십여 장이나 떨어져 있었으나, 그는 한순간에 그 거리를 지우고 육박해서 무면호를 구하고 맹효를 제압한 것이다.

"헉!"

맹효가 크게 당황하며 헛바람을 삼켰다.

설무백은 그와 무관하게 그의 손에 들린 검과 도를 낚아채듯 당기는 것으로 빼내 뒤로 던졌다.

호선을 그리며 뒤로 날아간 검과 도가 바닥에 꽂혔다.

때를 같이해서.

짝―!

경쾌한 타격음이 터지며, 턱이 돌아간 맹효가 사정없이 바닥을 나뒹굴었다.

설무백이 맹효의 뺨을 후려갈긴 것이었다.

"주, 주군……!"

맹효가 서둘러 일어나서 무릎을 꿇었다.

설무백이 냉정하게 말했다.

"투창에 이은 연환격은 처음부터 무면호가 다칠 수 있다는 것을 알면서도 선택한 공격이다. 거기까지는 이해할 수 있다. 그 정도의 승부욕도 없이 무슨 비무를 하겠나. 하나!"

그는 차가워진 시선으로 맹효를 쏘아보며 준엄하게 꾸짖었다.

"동료의 배려조차 느끼지 못할 정도의 승부욕은 용납할 수 없다. 그건 더 이상 서로의 발전을 위한 승부욕이 아니라 천박한 욕심이고 되바라진 욕망이다!"

맹효가 그제야 자신의 실태를 깨달은 듯 얼굴이 굳어서 피가 나도록 바닥에 이마를 찧었다.

"죄송합니다, 주군! 죽을죄를 지었습니다, 주군!"

"죽을죄를 지었으면 죽어야지!"

설무백이 냉정하게 대꾸하며 저만큼 물러나 있던 무면호를 불렀다.

"무면호!"

무면호가 서둘러 다가와서 고개를 숙였다.

"예, 주군!"

설무백은 냉정하게 말했다.

"나는 이유 여하를 막론하고 단 한순간이라도 동료를 적으로 보는 놈은 필요 없다! 당사자인 네 손으로 직접 맹효의 목을 쳐라!"

序列比武 (3)

무면호가 멋쩍고 쑥스러워하는 표정으로 주변을 둘러보았다.

지금 주변에는 이미 예충과 환사, 천월, 풍사 등 풍잔의 요인들이 나서 있었다.

저마다 다른 표정, 다른 기색인 그들의 반응을 천천히 둘러본 무면호가 한결 더 어색하게 굳어진 표정으로 설무백을 바라보며 조심스럽게 물었다.

"저기, 당사자인 제가 별로 상관없다는 생각을 해도 쟤를 그냥 죽여야 합니까?"

설무백은 사무적인 태도로 반문했다.

"정말 상관이 없는 거냐? 아니면 그간의 정 때문에 그냥 살리고 싶은 것이냐?"

무면호가 잠시 머리를 긁적거리다가 대답했다.

"둘 다입니다. 주군을 만나고 나서 바뀌기는 했지만, 예전 서열 비무에서는 사망자가 심심치 않게 나왔었습니다. 물론 그로 인해 우리의 우애나 우의가 틀어진 경우는 한 번도 없었고요. 이 정도 승부욕은 얼마든지 웃고 넘어갈 수 있다고 생각합니다."

설무백은 슬쩍 풍사와 천타를 보았다.

풍사가 어깨를 으쓱이고, 천타가 가만히 고개를 숙였다.

두 사람 다 무면호의 말을 수긍하는 것이었다.

설무백은 마음을 정하고 무면호를 향해 물었다.

"물론 그 생각에는 내가 나서지 않았어도 얼마든지 맹효의 공격을 감당할 수 있다는 뜻도 포함된 것이겠지?"

무면호가 처음으로 미소를 드러냈다.

"여부가 있겠습니까. 제가 아직 대랑에게 도전할 정도는 아니지만, 저 녀석의 실수 정도는 능히 다스릴 수 있습니다."

설무백은 가만히 고개를 끄덕이며 맹효를 향해 말했다.

"들었냐?"

맹효가 다시금 피가 나도록 이마를 바닥에 찧으며 대답했다.

"다시는 실수하지 않도록 하겠습니다!"

단백하면서도 충직해 보이는 사과였으나, 설무백은 사뭇 냉담하게 쏘아붙였다.

"너를 용서해 준 것은 내가 아니다!"

맹효가 무면호를 향해서 방향을 틀며 새삼 피가 튀도록 이마를 바닥에 찧었다.

"죄송했습니다! 그리고 감사합니다!"

무면호가 왠지 모르게 미간을 찌푸리다가 슬며시 설무백을 돌아보며 물었다.

"저기, 제가 조금 멋을 부려도 되겠습니까?"

설무백은 뭔가 싶어서 승낙했다.

"뭐, 얼마든지……!"

무면호가 살짝 고개를 숙여서 감사를 표하더니, 대뜸 바닥에 엎드린 맹효의 옆구리를 걷어찼다.

퍽―!

둔탁한 타격음이 울리며 맹효가 옆으로 바닥을 굴렀다.

형식적으로 걷어찬 발길질이 아니었다.

내력만 쓰지 않았을 뿐, 전력을 다해서 힘껏 걷어찬 발길질이었다.

"크으……!"

맹효의 입에서 신음이 흘러나왔다.

무면호가 내력을 쓰지 않았지만, 무방비 상태였던지라 그는 상당한 고통을 느낄 수밖에 없었다.

그럼에도 불구하고 맹효는 엉금엉금 바닥을 기어와서 다시금 무면호 앞에 머리를 조아렸다.

무면호가 그런 그를 매섭게 노려보며 말했다.

"제아무리 자신만만했어도 그렇지, 고작 선제공격이 막혔다고 그리 집 쫓겨난 개처럼 어쩔 줄 모르면 어떻게 하냐? 다음 도전 때도 또 그러면 아주 국물도 없다 너!"

맹효가 피가 터진 이마를 들고 잠시 무면호의 시선을 마주하다가 이내 씩 웃고는 새삼 거칠게 바닥에 이마를 찧으며 말했다.

"다음에는 기대해도 좋습니다!"

무면호가 말없이 웃었다.

그리고 그제야 용무가 끝났다는 듯이 예의 심드렁하면서도 뜨뜻미지근한 기색으로 돌아가서는 설무백을 향해 고개를 숙였다.

설무백은 잠시 무면호과 맹효를 번갈아보다가 이내 묵묵히 고개를 끄덕이며 돌아섰다.

무면호나 맹효의 모습 그 어디에도 이번 일로 인한 감정의 찌꺼기가 전혀 보이지 않았다.

두 사람 다 서로가 서로를 인정하고 수긍한 모습이었다.

이대로 묵과해도 될 것 같았다.

조용히 상석으로 돌아온 그는 자신에게 집중된 장내의 시선을 느끼며 자리에 앉기 전에 말했다.

"됐으니까, 어서 다시 시작해."

다른 사람들과 마찬가지로 시종일관 묵묵히 그를 주시하고 있던 천타가 기다렸다는 듯이 광풍팔랑 철우에게 시선을 주며 물었다.

"선택해라. 누구냐?"

광풍팔랑 철우가 자리에서 일어나서 좌중을 향해, 그리고 다시 설무백을 향해 공수하며 말했다.

"저는 이번 기회를 포기하겠습니다."

천타가 이미 예상한 것처럼 대수롭지 않게 고개를 끄덕이며 다음 차례인 광풍칠랑 아인에게 시선을 돌렸다.

광풍칠랑 아인이 그의 시선을 받기 무섭게 자리에서 일어나 공수하며 말했다.

"저도 이번 기회는 포기하겠습니다."

그다음도 일사천리였다.

"저 역시 다음 기회에……!"

천타의 시선을 받기도 전에 포기를 선언한 광풍육랑 무면호를 필두로.

"저도 아직은 부족해서……!"

"저도 이번에는……!"

"저 역시……!"

광풍오랑 소우와 광풍사랑 구익조, 광풍삼랑 노사가 연이어 도전을 포기했다.

그리고 광풍대원들 모두가 가장 호전적으로 손꼽는 광풍

이랑 청면수도 끝내 도전에 나서지 않았다.

"대랑이 되고 싶은 생각은 전혀 없습니다. 몸은 몰라도 머리를 쓰는 건 딱 질색이거든요."

계면쩍게 웃으며 청면수가 말했다.

서열 비무에서 그가 도전할 수 있는 사람은 대랑인 천타가 유일했던 것이다.

청면수의 말이 끝나기 무섭게 장내의 모든 시선이 한곳으로 집중되었다.

대력귀와 철마립, 화사, 사문지현, 엄비연 등 다섯이 모여 앉은 자리였다.

동시에 광풍대원들의 열기가 고조되고 있었다.

풍잔의 수뇌진으로 분리되는 그들의 서열 비무 참가는 모든 광풍대원들의 관심사였기 때문이다.

특히나 알게 모르게 무시하던 백사방의 이칠과 대도회의 양의가 광풍사십사랑과 광풍사십오랑랑을 누르고 승리한 까닭에 더욱 그랬다.

서열 비무를 진행하느라 일어서 있던 천타가 그와 같은 광풍대원들의 분위기가 못내 마음에 들지 않았는지 노골적으로 눈살을 찌푸렸다.

설무백이 그걸 보고 말렸다.

"그냥 둬. 그간 객관적으로 자신의 실력을 비교할 대상이 없었던 애들이잖아. 승패를 떠나 그게 더 궁금할 거야. 과연 자신의 실력이 작금의 무림에서 어느 정도 되는지 말이야."

사실이었다.

광풍대원들은 지금까지 저마다의 실력이 중원 무림에서 어느 정도인지, 소위 이류인지 일류인지 혹은 특급은 되는지 등을 알아볼 수 있는 방법이 전혀 없었다.

과거 대막을 떠돌던 광풍사 시절은 말할 것도 없고, 설무백과 함께 무저갱을 노리는 자들을 소탕하기 위해서 신강과 서장, 청해성 일대를 휩쓸고 다닐 때도 그랬다.

광풍대원들이 상대한 적은 관부나 군부의 하수인이거나 아니면, 무림인이지만 무림과는 거리가 있는 육선문의 고수였던 까닭에 무림에서의 위치를 가늠해 볼 수 있는 상황이 아니었다.

그런데 마침내 그런 기회가 찾아온 것이다.

이번 서열 비무는 그들에게 직간접적으로 자신들의 실력이 강호 무림에서 어느 정도의 위치인지 알아볼 수 있는 절호의 기회였다.

대력귀와 철마립, 화사, 사문지현, 엄비연, 그리고 백사방의 이칠과 대도회의 양의는 작금의 강호 무림에서 어느 정도 위치가 드러난 인물들이었기 때문이다.

그리고 어제의 비무에서 이칠과 양의는 광풍사십사랑과 광풍사십오랑을 누르고 승리함으로써 광풍대원들의 기대감을 충족시켜 주었다.

예충을 사사한 그들, 두 사람의 실력이 대략 그 정도는 되리라는 것이 모든 광풍대원들의 예상이었던 것이다.

설무백은 내심 그와 같은 정황을 돌이켜보며 전에 없이 픽 웃고는 말을 덧붙였다.

"사실 나도 궁금해. 우리 애들의 실력이 작금의 강호 무림에서 어느 정도의 위치일지 말이야."

천타가 어쩔 수 없다는 듯 쓰게 입맛을 다시며 돌아섰다.

서열 비무를 속행하려는 것이었다.

그때.

"그런 의미에서 이대로 그냥 기존의 규칙대로 하면 재미없지."

설무백이 혼잣말처럼 중얼거리고는 자리에서 일어나며 천타를 불러 세웠다.

"지금부터 잠시 내가 진행해도 될까?"

"주군의 뜻대로!"

천타가 두 말없이 고개를 숙이며 물러났다.

설무백은 자신에게 쏠린 장내의 시선을 천천히 둘러보며 말했다.

나직한 어조였지만 모종의 기운이 들어가서 장내의 모두가 또렷하게 들을 수 있는 말이었다.

"광풍대의 서열 비무는 광풍이랑 청면수가 도전을 포기하는 것으로 이미 다 끝났다. 대신 지금부터 광풍대의 서열 비무가 아닌 풍잔의 서열 비무를 시작하겠다."

섣부른 짐작으로 아쉬움의 탄성을 내지르던 광풍대원들 모두가 대번에 어리둥절해진 기색으로 굳어졌다.

설무백은 소리 없이 동요하는 장내의 동요를 무심하게 외면하고 가만히 손을 내밀어서 함께 자리한 서열 비무의 새로운 도전자들을, 즉 대력귀와 철마립, 화사, 사문지현, 엄비연 등을 가리키며 힘주어 선언했다.

"저들만이 아니라 누구라도 좋다! 지금 이 자리에 있는 광풍대원은 나를 포함한 풍잔의 그 누구에게도 도전할 수 있다!"

설무백의 선언이 끝나자, 소리 없이 들썩이던 장내가 찬물을 끼얹은 것처럼 조용해졌다.

모두가 놀라서 두 눈을 동그랗게 뜬 채 설무백의 말을 되새겨 보느라 정신이 없는 것 같았다.

천타가 그런 모두를 대변하듯 물었다.

"지금 이 자리에서 말입니까?"

"물론!"

설무백은 두 말하면 잔소리라는 듯 피식 웃으며 인정하고는 말을 끝냈다.

"이상이다!"

장내가 크게 술렁거렸다.

예상하지 못한 파격적인 선언에 모두가 흥분을 감추지 못하고 있었다.

그러나 설무백이 자리에 앉고, 뒤를 이어 나선 천타가 장내
를 둘러보며 새삼 풍잔의 서열 비무를 알렸음에도 불구하고
선뜻 나서는 사람은 없었다.

당연한 일이었다.

풍잔의 요인들은 하나같이 내로라하는 고수들이었다.

전대 대랑인 풍사마저도 그들 중의 하나일 뿐이었다.

광풍대가 제아무리 풍잔의 정예라고 할지라도 그들에게 도
전할 수 있는 인원은 지극히 제한적일 수밖에 없었다.

'최소한 이십 위권!'

천타는 흥분을 감추지 못하면서도 못내 침묵하고 있는 광
풍대원들을 둘러보며 그렇게 생각했다.

그마저도 광풍대원들을 높게 평가한 감이 있었다.

누가 뭐래도 그 정도가 아니면 감히 엄두도 내보지 못할 고
수들이 바로 그가 아는 풍잔의 요인들이었다.

'나라면……?'

천타는 본의 아니게 자신의 상대를 찾아보다가 이내 자신
의 실태를 깨닫고 정신을 차리며 광풍대원들을 향해 크게 말
했다.

"누가 먼저 나서 볼 테냐?"

선뜻 나서는 사람이 없었다.

막상 기다렸던 선택의 순간이 다가오자 광풍대원들 모두가
적잖게 긴장한 모습으로 망설이고 있었다.

누가 먼저 나설 것인지 눈치를 보는 것 같기도 했다.

약간의 침묵이 흐른 뒤, 천타가 기다림에 지쳐서 슬며시 미간을 찌푸릴 때였다.

광풍대원들 중 하나가 자리에서 벌떡 일어났다.

"제가 먼저 나서 보겠습니다!"

토웅이었다.

어제 백주사를 누르고 말석인 광풍구십구랑의 자리에서 광풍십삼랑으로 비약한 그가 첫 번째 도전자로 나선 것이다.

천타는 의외의 도전자라는 생각을 하면서도 못내 다행이라는 기분이 들었다.

설무백이 주관한 까닭에 나서지 못하고 있었으나, 그는 도전자에 제한을 두고 싶었다.

최소한 광풍대의 서열 이십 위권까지만 도전할 수 있다는 제한이었다.

개나 소나 다 나선다면 자칫 우스꽝스러운 사태가 벌어질 수도 있었기 때문이다.

명색이 풍잔의 정예라는 광풍대원이 계속해서 한 방에 나가떨어지는 꼴을 보여 준다면 참으로 민망하기 짝이 없을 것이다.

그만큼 그가 보는 풍잔의 요인들은 강한 고수들이었다.

그런데 마침 토웅이 첫 번째 도전자로 나섰다.

토웅이 거기까지 생각했을 리 없지만, 이제 나름 선이 그어진 셈이었다.

이제 토웅의 뒤로는 눈치가 보여서라도 선뜻 도전자로 나서지 못할 테니까.

천타는 기꺼운 마음으로 말했다.

"승패와 상관없이 너에게 더 없이 유익한 비무가 될 것이다. 누구를 선택하겠느냐?"

토웅이 대답했다.

"은검령이신 화사 여협입니다."

의외의 지목이었다.

지목을 받은 화사가 활짝 웃는 낯으로 자리에서 일어나며 토웅을 향해 불쑥 물었다.

"너, 나 좋아하지?"

토웅의 얼굴이 붉어졌다.

사실과 무관하게 누구라도 이런 문제를 화사처럼 대놓고 물어보는 여자 앞에서는 그처럼 당황할 수밖에 없을 것이다.

화사가 그런 그의 태도를 재미있다는 듯이 쳐다보다가 이내 설무백에게 시선을 주며 물었다.

"전력을 다해야 하는 건가요?"

설무백은 당연한 소리를 왜 묻는 거냐는 투로 그녀를 쳐다보다가 문득 깨달았다.

이제 보니 그가 무심코 간과해 버린 사실이 있었다.

'비환!'

사천당문의 비기로 제작된 절대의 기환병기인 비환이 화사의 수중에 있는 것이다.

쉽게 허락할 일이 아니었다.

비환은 무기가 아니라 흉기였다.

그러나 본신의 절기를 펼치지 않는 대결은 아무런 소용이 없었다.

그에 따른 결과는 가식에 불과하기 때문이다.

설무백은 답했다.

"당연하지!"

"아쉽네요. 격이 다르다는 것을 알아 버리면 다음부터 아무도 도전하지 않을 테니, 재미없을 텐데……!"

화사가 정말 아쉽다는 듯 탄식하며 입술을 삐쭉거리고는 느긋하게 계단을 내려가서 토웅과 대치했다.

토웅이 멀리서 흘린 그녀의 탄식을 들은 듯 자존심이 상한 표정으로 말했다.

"걱정 마세요. 격이 아니라 차원이 달라도 저는 포기하지 않습니다!"

"모름지기 사내라면 그래야지."

화사가 빙그레 웃으며 칭찬했다.

그녀는 비록 토웅과 별 차이가 없는 나이였으나, 상대적으로 고수의 풍모를 풍겼다.

태연하게 거듭 웃는 낯으로 건넨 말도 그랬다.

"내 장기가 암기라는 건 알지? 맨손은 곤란해?"

토웅이 삼엄한 기색으로 불끈 움켜쥔 두 주먹을 좌우로 펼치며 대답했다.

"제 두 손은 그 어떤 병기보다 빠르고 강합니다!"

화사가 대뜸 살쾡이처럼 변해서 윽박질렀다.

"까불지 말고 어서 병기 꺼내! 그 잘난 손 잘려 나가고 나서 우는 꼴 보기 싫으니까!"

토웅이 움찔하며 잠시 그녀를 노려보다가 이내 누그러진 기색으로 슬며시 칼을 뽑아 들고 악을 썼다.

"됐죠?"

화사가 언제 화를 냈냐는 듯 활짝 웃었다.

"됐다."

상석에서 그들의 실랑이를 지켜보던 설무백은 그것을 미묘한 감정 대립으로 보고 미소를 흘렸다.

"화사의 말이 농담이 아니었나? 이제 보니 정말 보기 좋은 한 쌍인데 그래?"

풍사가 어이없다는 표정으로 그를 보며 물었다.

"정말 아무것도 모르시는 겁니까? 아니면 그냥 모르는 척 하시는 겁니까?"

"웅?"

설무백은 어리둥절해서 풍사를 쳐다봤다.

풍사가 그 모습을 보고 눈을 끔뻑이며 다시 말했다.

"화사 말이에요. 콩깍지가 껴서 오매불망 쳐다보고 있는 사람이 따로 있는 애를 두고 무슨 그런 소리를 다 하시냐고요?"

설무백은 인상을 썼다.

"무슨 소리야?"

풍사가 실소했다.

"정말 모르시는 모양이네. 쟤는요, 벌써 오래전부터⋯⋯!"

"관둬."

예충이 툭 하고 풍사의 어깨를 치며 말을 끊었다.

"아직도 모르냐? 그런 쪽으로는 찍어 먹어 보기 전까지 똥인지 된장인지 전혀 모르는 분이시다. 그냥 넘어가라."

풍사가 믿을 수 없다는 눈으로 설무백을 보았다.

설무백은 짐짓 화를 냈다.

"무슨 소리냐고?"

"그니까, 그게⋯⋯!"

풍사가 재빨리 대답했다.

"화사 쟤는 소위 무공하고 사랑에 빠진 애라 사내가 눈에 안 들어온다, 뭐 그런 얘깁니다. 그보다 이제 시작하는데, 그만 집중하죠."

마침 비무장에서 토웅의 선공으로 싸움이 시작되고 있었다.

토웅은 아마도 화사와 대치한 순간부터 자신의 부족함을 절감한 것 같았다.

일말의 여유도 없이 선공에 나선 이유가 거기에 있는 듯했다.

아무런 사전 동작도 없이 은연중에 집중한 내력을 일거에 폭발시킨 듯 시위를 떠난 화살처럼 수중의 칼을 뻗어 내는 공격이었다.

절정의 암기술을 구사하는 화사에게 거리를 주지 않으려고 고도의 근접전을 시도하는 것으로 보였다.

그러나 그들의 거리는 조금도 가까워지지 않았다.

마치 그들 사이에 서로의 거리를 유지해 주는 장대가 가로막고 있는 것처럼 느껴졌다.

화사가 쇄도하는 토웅과 같은 속도로 물러났기 때문이다.

토웅의 두 눈이 당황으로 커지는 그 순간, 화사의 손이 앞으로 내밀어졌다.

취리리릿-!

화사의 손에서 잿빛 섬광이 직선으로 뻗어 나가며 기묘한 파공음이 장내를 가로질렀다.

토웅이 칼을 본능처럼 휘둘렀다.

무언가 보고 움직인 것이 아니라 그저 섬뜩한 예감에 따라 칼을 휘두른 것이었다.

그러나 소용없었다.

쨍-!

예리한 쇳소리가 고막을 때렸다.

토웅이 휘두른 칼날이 유리처럼 깨져 나가는 소리였다.

다음 순간, 비산하는 검편(劍片) 사이를 가른 잿빛 섬광이 그대로 토웅의 어깨를 때렸다.

팍-!

뒤늦게 터진 메마른 소음이 토웅의 어깨에 작렬했다.

붉은 피가 그의 어깨 뒤에서 비산하고 있었다.

잿빛 섬광이, 즉 비환이 그의 어깨를 관통하고 지나간 것이다.

"크으……!"

토웅이 신음을 삼키며 그대로 무릎 하나를 꿇었다.

화사가 대수롭지 않게 그를 주시한 채로 한손을 비스듬히 옆으로 뻗었다.

잿빛 섬광으로 보이는 비환이 크게 호선을 그리며 돌아와서 그의 손에 잡히고 이내 소매 속으로 사라졌다.

장내는 경악과 불신의 침묵으로 고요했다.

광풍십삼랑이, 바로 광풍대의 서열 십삼 위의 고수인 토웅이 이렇다 할 수 한 번 써 보지 못하고 고작 일수에 패했다는 사실은 모두에게 그만큼 엄청난 충격이었다.

화사는 묵묵히 돌아서서 본래의 자리로 돌아가 앉았다.

패자에게는 그 어떤 말도 위로가 되지 않는다는 사실을 그녀는 익히 잘 알고 있었다.

조금 과하게 손을 쓴 것도 사실이나, 그녀는 그럴 필요성이 있다고 생각했다.

철들기 전부터 낭인으로 자라 온 그녀는 자신의 존엄을 지키는 것은 다른 누구보다도 자기 자신의 실력이라고 굳게 믿고 있었다.

자신의 존엄을 위협받지 않으려면 충분한 실력을 보여야 한다는 것이 그녀의 생각이었기 때문이다.

반면에 토웅도 차분하게 승복했다.

직접 어깨의 혈도를 눌러서 상처를 지혈한 그는 조용히 자리로 돌아갔다.

그는 상처의 고통도, 패배의 충격도 애써 내색하지 않고 있었다.

그는 그걸 내색하는 것이 더 창피하다고 생각하는 사내였다.

설무백은 잠시 그런 토웅을 지그시 바라보다가 이내 비무를 다시 진행하려는 천타보다 먼저 나서며 말했다.

"창피해할 필요 없다. 그냥 하는 말이 아니다. 화사는 작금의 강호 무림에서 능히 일천 위에 들어가는 고수다. 내가 장담하는데, 지금 이 자리에서 화사의 암기를 제대로 받아 낼 수 있는 사람은 고작 열 명도 되지 않는다."

장내가 웅성거렸다.

화사가 작금의 강호 무림에서 일천 위에 들어가는 고수라는 말도 놀라웠지만, 지금 이 자리에 그녀의 암기술을 감당할

천외천의
주인

수 있는 사람이 열 명도 안 된다는 그의 장담이 더욱 큰 충격을 안겨 준 모양이었다.

당황스럽게 변한 모두의 시선이 대번에 화사와 풍잔의 요인들을 훑었다.

그런데 그 와중에 다른 생각을 하는 사람이 있었다.

"사문지현 여협도 작금의 강호 무림에서 그 정도 위치입니까?"

가는 미성에 어울리는 호리호리한 체구와 날카로운 눈매를 가진 광풍이랑 청면수였다.

설무백은 슬쩍 고개를 기울여서 시선을 주며 물었다.

"그렇다면?"

청면수가 씩 웃으며 힘주어 대답했다.

"도전하겠습니다!"

설무백은 승낙을 뒤로 미룬 채 슬쩍 고개를 돌려서 아래쪽에 서 있는 천타를 바라보았다.

지금은 청면수가 나설 상황이 아니었다.

광풍대의 서열 이 위인 청면수가 지금 나서면 서열을 중시하는 광풍대원들의 특성상 승패와 상관없이 이후에는 그 누구도 도전하지 않을 것이기 때문이다.

청면수가 그걸 모르고 나섰을 리는 없을 테니, 이건 아무래도 정상적인 도전으로 보기 어려웠다.

아니나 다를까, 천타가 도둑이 제 발 저린다는 식으로 안절

부절못하며 그의 시선을 외면했다.

설무백은 어이없는 표정으로 옆에 앉은 풍사를 보았다.

풍사가 멋쩍게 웃으며 사정을 실토했다.

"아직은 차이가 좀 납니다. 애들은 몰라도 저나 천타는 그걸 알죠. 아니, 토웅의 싸움을 봤으니, 이제 애들도 어느 정도 알 테지만, 아시다시피 그냥 물러날 놈들이 아니지 않습니까. 괜한 호기심 때문에 쓸 만한 애들을 다 병신 만들 수는 없으니, 저라도 나서서 막아야지요."

설무백은 수긍했다.

풍사가 제대로 보고 있었다.

다들 병신이 될 거라는 말은 과장이지만, 꽤나 치열한 싸움이 될 테니 부상은 불가피한 일이었다.

가만히 고개를 끄덕이던 그는 이내 지나가는 말처럼 물었다.

"아직은 말이지?"

풍사가 대답했다.

"예, 그렇습니다."

아직이라는 것은 때가 되지 않았거나 미처 이르지 못한 상태임을 뜻했다.

풍사는 광풍대원들이 언젠가는 오늘 이 자리에 있는 풍잔의 요인들과 어깨를 견줄 수 있다고 믿고 있는 것이다.

"아쉽긴 하지만, 어쩔 수 없지."

설무백은 정말 아쉽다는 듯 입맛을 다시며 중얼거리고는 슬쩍 청면수를 일별했다.

"단지 그게 목적이라면 청면수도 나설 필요 없어. 억지로 나선 싸움은 재미없으니까."

풍사가 고개를 저었다.

"저 녀석은 아닙니다. 나설 놈이 나선 겁니다."

"그래?"

설무백이 의외라는 표정을 짓자, 풍사가 의미심장한 미소를 다가와서 귀엣말로 속삭였다.

"이대로 그만두면 애들 사기 진작에 좋지 않습니다. 턱도 없이 한 방에 나가 떨어졌잖습니까. 이대로 끝나면 너무 아쉽지요."

"쟤도 한 방에 나가떨어지면 어쩌려고?"

"그런 일은 없습니다. 명색이 우리 광풍대에서 가장 강한 녀석입니다. 검매 정도는……!"

풍사가 차마 뒷말은 잇지 못하고 얼버무렸다.

"아무튼, 걱정하지 않으셔도 됩니다."

설무백은 내심 고소를 금치 못했다.

풍사의 태도는 청면수가 사문지현에게 패배할 일은 절대 없다는 듯이 기세등등했다.

그러나 그의 생각은 달랐다.

광풍이랑 청면수가 광풍대에서 가장 강한 사내라는 것은

물론 사실이지만, 그와 상관없이 풍사는 사문지현을 너무 과소평가하고 있었다.

그는 불쑥 물었다.

"풍 아재, 검매와 비무해 본 적 없지?"

"……?"

풍사가 예기치 못한 질문에 말문이 막힌 듯, 두 눈을 끔뻑이며 바라보았다.

설무백은 충분히 알았다는 듯 손을 내저으며 그들을 주목하고 있던 사문지현을 향해 말했다.

"괜찮지?"

사문지현이 기다렸다는 듯 자리에서 일어나며 반문했다.

"제가 강호 무림에서 화사와 같은 수준이라고 생각하는 거 정말이죠?"

설무백은 고개를 갸웃했다.

"그건 왜 묻지?"

사문지현이 싱긋 웃으며 대답했다.

"정말이라면 보다 더 진지하게 싸워야 할 것 같아서요. 주군을 실없는 사람으로 만들 수는 없잖아요."

설무백은 따라 웃으며 대답해 주었다.

"정말이야."

사문지현이 기꺼운 표정으로 고개를 끄덕이며 정중하게 공수하고는 계단을 내려갔다.

풍사가 더 없이 당당해 보이는 그녀의 뒷모습을 보고 무언 가 느끼는 바가 있는 듯 쓰게 입맛을 다셨다.

"제가 잘못 판단한 건가요?"

설무백은 위로하듯 대답해 주었다.

"괜찮아. 풍 아재와 달리 청면수는 나름 긴장하고 있는 것 을 보니, 나가떨어질 때 나가떨어지더라도 제법 심각하게 치 고받다가 나가떨어질 것 같으니까. 그 정도면 되잖아?"

"아, 뭐, 그럴 것 같기도……."

풍사가 설무백의 말을 듣고 절로 울지도 웃지도 못하겠다 는 표정을 짓고 있는 그때, 먼저 비무장으로 내려와서 대기하 다가 사문지현을 마주한 청면수는 설무백의 말마따나 한껏 긴장하고 있었다.

오가며 마주쳐서 눈인사를 나누던 사문지현과 비무를 위 해 마주한 지금의 사문지현은 매우 달랐다.

전혀 다른 사람, 고수였다.

'피 좀 보겠군!'

청면수는 내심 각오를 다지며 칼끝을 지면으로 향하게 하 고 양손으로 잡은 도병(刀柄 : 도의 손잡이)의 머리를 눈의 높이로 올리는 예를 취했다.

"사문 여협의 고절한 검예는 익히 들어서 잘 알고 있소이 다. 한 수 가르침을 청하겠소."

사문지현이 장도와 단도가 한 쌍인 원앙도를 뽑아서 전면에 교차하고는 그 서슬 사이로 시선을 마주한 채로 살짝 고개만 숙이는 것으로 답례하며 짧게 대꾸했다.

"그러죠."

사람에 따라서 다를 테지만, 그녀의 태도는 매우 거만해 보였다.

그러나 정작 당사자인 청면수는 전혀 그런 감정을 느끼지 못했다.

대신에 시리도록 푸른빛을 발하는 원앙도의 서슬 사이로 마주한 그녀의 눈빛을 마주하자, 그는 생각이 바뀌었다.

'잘하면 죽겠네!'

사문지현의 눈빛은 그처럼 그로서도 감당하기 어려운 신랄한 예기를 내포하고 있었다.

하지만 청면수는 그래도 사내이고 싶었다.

"선수를……!"

사문지현은 사양하지 않았다.

그녀의 전면에서 교차하고 있던 원앙도가 좌우로 펼쳐지며 공격이 시작되었다.

싸악-!

섬뜩한 소음과 함께 장도가 휘둘러지고, 단도가 직선으로 뻗어 나왔다.

일체의 변화를 무시한 채 그저 베고 찌르는 단순한 공격이었으나, 대신에 빠르고 더 없이 강맹한 공세가 강호 무림의 어떠한 절학과 견주어도 손색이 없었다.

거기에 눈부신 금광이 더해졌다.

금광도법이었다.

청면수는 장도가 수평으로 휘둘러지고, 단도가 직선으로 뻗어 오는 사문지현의 공격을 정확히 보았다.

별다른 변화의 징도도 없이 매우 단순한 공격이었으나, 장도의 육중함과 단도의 신랄함이 절묘하게 조화를 이루고 무엇보다도 빨라서 감히 경시할 수 없는 공격이었다.

눈부신 금광이 그 순간에 청면수의 시야를 가렸다.

"......!"

청면수는 간신히 놀람의 신음을 억누르고 본능에 의지해서 다급히 물러나며 칼을 휘두르는 것으로 장도를 피하고, 이어서 쇄도하는 단도를 막았다.

사나운 기세가 그런 그의 칼인 묘도(苗刀)를 밀었다.

청면수는 빠르게 물러났다.

물러나지 않으면 타격을 입을 수 있었다.

직선으로 찌르고 들어온 단도에 실린 힘은 그 정도로 강렬했다.

그런데 단도가 떨어져 나가지 않았다.

사문지현이 그가 물러난 거리만큼 밀고 들어온 결과였다.

그 순간에 눈부신 금광이 사라지면서 면전으로 다가선 그녀의 얼굴이 그의 시야를 가득 메웠다.

사문지현의 입가에 그려진 미소가 선명하게 보였다.

　청면수는 긴장의 끈을 부여잡고 거듭 물러나며 사력을 다해서 수중의 묘도를 밀고, 당기고, 치고, 다시 뗐다가 측면으로 방향을 바꾸며 흘리는 동작을 순간적으로 연계한 다음에야 겨우 사문지현의 단도를 떼어 낼 수 있었다.

　어떤 기법과 기운이 가미된 것인지는 몰라도, 사문지현의 단도는 그저 찌르고 들어와서 거머리처럼 달라붙은 것이 아니었다.

　능동적으로 움직이며 묘도의 서슬을 타고 들어와서 그의 가슴을 헤집으려 했다.

　'이게 강호일절로 손꼽히는 금광도법의 묘용이라는 건가?'

　청면수는 서늘해지는 가슴을 달래며 반격을 가했다.

　애써 떼어 낸 단도가 물러가는 방향으로 수중의 칼끝을 찔러 가는 반격이었다.

　공격과 방어는 하나라는 공방일체의 묘리를 굳이 상기하지 않더라도 선공을 방어한 지금을 놓치면 반격의 기회를 찾기 어려울 것이라는 직감이 그의 투지를 불렀다.

　그리고 그는 그 순간에 보았다.

　단도를 품으로 당기던 사문지현의 입가에 희미하게 분명한 미소가 서려 있었다.

　본능이 그의 뇌리에 시끄러운 경종을 울렸다.

　그는 찔러 가던 묘도를 당기며 다급히 물러났다.

사력을 다하던 공격을 회수하느라 손목이 아프도록 저리고 바닥을 디딘 발목에 무리가 가서 마비가 일었으나, 덕분에 그는 위험을 피했다.

쐐액―!

간발의 차이로 그의 전방을 휩쓸며 지나가는 바람이 있었다.

그의 시야가 닿지 않은 사각에서부터 수평으로 휘둘러진 사문지현의 장도였다.

바람에 스친 그의 얼굴에서 피가 튀었다.

검기의 영향이었다.

청면수는 거듭 뒤로 물러나서 안전을 도모했다.

사문지현의 원앙도가 그런 그의 시야에서 어지러운 그림을 그리며 다가왔다.

장도와 단도가 수백 갈래로 뻗어 나가는 금빛 꽃송이를 피워 냈고, 꽃송이들에서 떨어진 꽃잎들이 눈보라처럼 휘날렸다.

마치 폭죽이 터진 것처럼 빠르게 비산하는 꽃잎이 허공을 뒤덮고 청면수의 전신을 휘감았다.

그 하나하나가 치명적인 상처를 입힐 수 있는 예리한 검화(劍花)였다.

"아……!"

장내의 사방에서 억눌린 탄성이 흘렀다.

감탄과 아쉬움이 뒤범벅된 탄성이었다.

당연한 반응이었다.

청면수는 검화에 뒤엎여서 그대로 죽을 것만 같았다.

휘날리는 검화는 아름다웠으나, 그처럼 지독한 예기를 갈무리하고 있었다.

그러나 청면수는 그리 호락호락한 사람이 아니었다.

그는 광풍이랑이었고, 광풍대의 서열 이 위라는 자리는 거저 얻어지는 자리가 절대 아니었다.

그는 비록 허공에 만개한 검화 앞에서 주춤하긴 했으나, 당황하거나 멈추지는 않았다.

그는 대번에 살쾡이처럼 웅크려서 전신의 내력을 끌어 올렸고, 이내 성난 야수처럼 도약하며 칼을 휘둘렀다.

그간 그가 심혈을 기울여서 선대에게 물려받은 도법에 자신이 추구하는 새로운 형태의 기법과 초식을 가미한 도법인 야수도(野獸刀)의 일수였다.

촤아아아악-!

폭포수가 쏟아지는 듯한 파공음이 울리며 사문지현이 흩뿌린 꽃보라가 양단(兩斷)되었다.

청면수가 그 틈을 파고들며 사문지현의 허리를 노리고 다시금 칼을 휘둘렀다.

사문지현도 자신의 절초를 일거에 갈라 버린 청면수의 대응에 놀라거나 당황하지 않았다.

그녀는 마치 앞선 자신의 공격이 실패하리라는 것을 예측이라도 한 것처럼 청면수가 꽃보라 속에 공간을 만들며 쇄도하는 순간에 초식을 변화시켰다.

쏴아아아아—!

눈부신 금광 아래 아름드리나무가 불이 붙은 채로 휘둘러지는 것 같은 거대한 파공음이 일어났다.

이번에는 꽃보라가 아니라 삭풍이 휘몰아치는 듯한 검기가 발현되는 매서운 초식이었다.

하지만 청면수는 물러서지도, 휘두르던 칼을 멈추지도 않았다.

사문지현의 원앙도가 일으키는 검기의 바람에 얼굴 살갗이 찢어져서 피를 흘리면서도 수비를 도외시한 채 그대로 공격을 유지했다.

살을 주고 뼈를 취하겠다는 뜻일까?

아니면 양패구상(兩敗俱傷)도 상관없다는 의지일까?

이유야 어쨌든 그대로 충돌한다면 사문지현의 원앙도가 청면수의 가슴을 헤집는 사이, 청면수의 묘도도 사문지현의 옆구리를 베어 버리는 참상이 벌어질 상황이었다.

사문지현이 그 순간에 방어로 전환했다.

그녀는 굳이 양패구상할 이유가 없다는 듯 순간적으로 원앙도를 당겨 교차시킨 후 청면수의 묘도를 막았다.

챙—!

거친 금속성이 터지며 불똥이 튀었다.

동시에 청면수의 신형이 붕 떠서 뒤로 튕겨 나갔다.

후려친 사람은 청면수고, 막은 사람이 사문지현이었는데, 역으로 후려친 청면수가 튕겨 나갔다.

초식의 정교함이나 성정의 강성과는 상관없이 청면수의 내공이 사문지현에게 밀린다는 방증이었다.

사문지현이 그 틈을 놓치지 않고 원앙도 중 장도를 휘두르며 달려들었다.

청면수가 다급히 칼을 들어서 막았다.

쨍-!

다시금 거친 금속이 터지고 불똥이 튀었다.

그 뒤로 청면수의 신형이 사문지현의 장도의 힘에 받쳐서 밀려 나갔다.

그건 청면수의 발이 이미 지면에서 떠 있던 상태라 속절없이 밀려난 면도 있었으나, 그에 앞서 청면수가 의도적으로 사문지현이 휘두르는 장도에 몸을 맡겼기 때문이다.

청면수의 입장에선 수세를 공세로 전환하기 위해서라도 일단 사문지현과 거리를 벌릴 필요가 있었다.

그러나 사문지현이 그런 청면수를 쉽게 놓아주지 않았다.

그녀는 튕겨 나가는 그의 속도보다 더 빠르게 달려들며 수중의 원앙도를 휘둘렀다.

장도와 단도가 조화를 이루며 거미줄처럼 엉키는 검기를 뿜

천외천의
주인

어내고 있었다.

"익!"

청면수가 사력을 다해서 묘도를 휘둘렀다.

빠르게 움직인 묘도가 장도를 쳐서 옆으로 흘러가게 만들고 단도의 진로를 가로막았다.

하지만 장도와 단도의 서슬에 매달려서 뿌려지는 검기는 그로서도 어쩔 수가 없었다.

치릿-!

청면수의 얼굴이 찢어지면서 피가 튀기고 가슴에 벌어지며 붉게 물들어 갔다.

사문지현이 거기서 멈추지 않고 원앙도의 초식에 보다 더 신랄한 변화를 주었다.

묘도가 쳐서 옆으로 흘려 버린 장도가 그대로 원을 그리며 돌고, 이어서 묘도가 가로막아선 단도의 서슬이 비틀어지며 묘도의 안쪽으로 밀고 들어왔다.

장도는 목을 베려고 하고, 단도는 심장을 파고드는 절묘한 공격이었다.

"익!"

청면수가 이를 악물며 다시금 강수를 펼쳤다.

그는 모든 방어를 배제한 채로 사력을 다해서 수중의 묘도를 길게 뻗어 냈다.

앞선 경우와 비슷하게 그의 목과 심장을 취하려면 그녀도

가슴을 내주어야 하는 상황이 펼쳐진 것이다.

그러나 지금의 상황은 앞선 경우와 비슷할 뿐, 아주 같지는
않았다.

앞서와는 달리 사문지현의 공격은 빨랐고, 청면수의 대응은
늦었다.

그 차이는 실로 미비했으나 생사는 충분히 가를 수 있을 정
도의 차이였고, 사문지현도, 그리고 청면수도 그것을 익히 분
명하게 파악하고 있었다.

사문지현이 앞서와 달리 공격을 멈추거나 수비로 전환하지
않고, 청면수가 다음 수를 모색하기보다 눈을 질끈 감아 버린
이유가 바로 거기에 있었다.

그때.

쐐애애액-!

엄청난 파공음을 동반한 기세가 격돌하기 직전인 그들의 사
이를 파고들었다.

피하지 않고 그대로 버틴다면 그들 모두 피 떡으로 변해 버
릴 수 있는 무지막지한 위력이 느껴지는 암경이었다.

두 사람은 황급히 공격을 멈추며 떨어졌다.

그와 동시에.

꽝-!

폭음이 터지고 흙먼지가 치솟았다.

놀랍게도 방금 전에 그들, 두 사람이 엉켜 있던 자리가 움

푹 파여 그곳에 큼직한 웅덩이가 생겨났다.

장내가 찬물을 끼얹은 것처럼 조용해진 가운데, 모두의 시선이 한 사람에게 돌려졌다.

상석의 설무백이었다.

놀란 마음에 조금 더 뒤로 물러난 사문지현과 청면수도 동시에 고개를 돌려서 설무백을 바라보았다.

설무백이 적시에 장력을 날려서 고집스럽게 물러서지 않는 사문지현과 청면수의 싸움을 말린 것이었다.

당사자인 그들만이 아니라 지금 사태를 파악하고 설무백을 바라보는 모든 사람들의 피부에 절로 소름이 돋아났다.

당연한 반응이었다.

상석의 위치와 비무장의 사이는 무려 십여 장이나 떨어져 있었다.

그런데 설무백은 태연히 앉은 채로 아무런 사전 동작도 없이 불시에 그 먼 거리를 격하고 장력을 날려서 비무장에 거대한 웅덩이를 만든 것이다.

이건 정말 사람의 행위로 보이지 않았다.

그걸 아는지 모르는지, 설무백이 슬며시 눈살을 찌푸린 채 사문지현과 청면수를 번갈아 보며 말했다.

"전력을 다하라고 했지만 목숨까지 노리는 건 너무 심하잖아. 이제 서로 알 만한 것은 다 알았을 텐데, 이 정도에서 그만 끝내지?"

청면수가 먼저 칼을 거두고 사문지현에게 정중히 공수했다.

"정말 많이 배웠소, 사문 여협! 마땅히 패배를 자인하지 않는 것은 그저 다음 기회를 엿보고 싶은 사내의 욕심이니, 너그럽게 이해해 주시오!"

사문지현도 원앙도를 갈무리하고 답례했다.

"별말씀을……! 저 역시도 많이 배웠어요. 다음을 기대하지요."

그들, 두 사람의 치열한 공방에 이어 느닷없이 펼쳐진 설무백의 경이로운 신위로 인해 숨죽이고 있던 장내가 그제야 숨통이 트인 것처럼 다시 웅성거렸다.

풍사가 그 분위기에 편승해서 진심으로 놀랍다는 듯 휘파람을 불며 말했다.

"놀랍습니다. 설마 이 정도일 줄은 상상도 못했습니다."

설무백이 대수롭지 않게 말을 받았다.

"풍 아재가 관심이 없었을 뿐, 그다지 놀랄 만한 일도 아니야. 석년의 금마교인보다 더 높은 경지에 오른 지가 벌써 꽤됐다고."

"예……?"

풍사가 머쓱하게 설무백을 보며 눈을 깜빡였다.

설무백이 그런 풍사의 태도를 보고 나서야 상황을 이해한 듯 어색하게 입맛을 다셨다.

서로 다른 애기를 하고 있었다.

풍사는 설무백의 신위를 말하고 있었으나, 설무백은 사문 지현의 실력을 말했던 것이다.

풍사가 멋쩍은 미소를 흘리며 어깨를 으쓱하고는 설무백의 말을 따라가 주었다.

"제가 관심이 없었던 것이 아닙니다. 저만 아니라 우리 식구들 모두가 그녀의 실력이 이 정도라고는 아마 상상도 못했을 겁니다. 워낙 조용한 성격이라……!"

말을 하던 풍사는 이내 무언가 알겠다는 표정을 지으며 설무백을 바라보았다.

"하긴, 주군에게만큼은 달랐겠네요. 그녀가 풍잔의 식구가 된 것은 오직……!"

대력귀가 불쑥 나서서 풍사의 말을 끊었다.

"이제 다 끝난 건가요?"

"그럴 리가요."

제갈명의 대답이었다.

대력귀가 시선을 주자, 그가 활짝 웃는 낯으로 풍사와 예충을 번갈아보았다.

"제가, 아니, 모두가 기대하는 비무는 아직 시작도 하지 않았는걸요."

풍사가 대번에 눈치채며 피식 웃고는 말했다.

"모두가 기대하는 그 비무에서 나는 빼 주었으면 좋겠군. 전에 주군께 얻어 터진 늑골이 아직도 밤만 되면 시큰거려서야 말이야."

장내의 모두가 이제야 제갈명이 무슨 말을 하는 것인지 눈치챘다.

설무백을 두고 하는 말이었던 것이다.

"그것 참 아쉽게 되었네요."

제갈명이 어쩔 수 없다는 듯 풍사를 외면하고 주변을, 특히 반천오객 등 새로운 식구들을 눈여겨보며 바람을 잡았다.

"하지만 이번 비무대회는 모두에게 열려 있으니, 누구라도 얼마든지 도전을 할 수 있지요. 하하하……!"

묵면화상이 웃고 있는 제갈명을 묘하다는 태도로 바라보다가 불쑥 물었다.

"자네는 우리가 어떻게 풍잔으로 오게 되었는지 전혀 모르는 모양이지?"

"……?"

제갈명이 어리둥절해하는 표정으로 묵면화상을 비롯한 나머지 반천오객과 새로운 식구들을 둘러보았다.

묵면화상이 이제야 알겠다는 듯 웃는 낯으로 다시 말했다.

"다른 자리는 모르겠지만, 지금 여기 이 자리에는 장난이라도 주군께 비무를, 아니, 가르침을 요청할 사람은 없을 거네. 다들 알만큼은 알고 있으니까 말일세. 게다가……."

그는 슬쩍 고개를 도려서 비무장에 파인 거대한 웅덩이를 쳐다보며 히죽 웃었다.

"자네는 저걸 보고도 가르침을 받고 싶나?"

"아······!"

제갈명은 계면쩍은 마음에 얼굴이 붉어졌다.

기실 그는 내친김에 새로운 식구들에게 설무백의 위상을 다지려는 마음을 먹었다.

어려운 일도 아니었다.

잠시라도 설무백의 가없는 무위를 드러내면 자연히 해결되는 일이고, 이미 판도 깔려 있었다.

그런데 이제 보니 애초에 그럴 필요가 전혀 없었다.

새로운 식구들은 벌써 설무백에게 콧등이 깨진 상태로 끌려왔고, 우연찮게도 설무백이 이미 확인 사살까지 한 상태인 것이다.

'사정이 이렇다면야 굳이······.'

제갈명은 대번에 마음을 접으며 슬쩍 예충의 기색을 살폈다.

사정이 어떻게 돌아가든지 간에 예충은 무조건 나설 것이라고 생각했기 때문이다.

그는 풍사와 예충이 어떤 사연으로 설무백과 얽혀 있는지 알고 있었다.

그래서 그의 기색을 살핀 것이었다.

그러나 예충의 반응도 제갈명의 예상과 달랐다.

예충 역시 전혀 나설 생각이 없어 보였다.

나설 생각은커녕 팔짱을 낀 채 왠지 모르게 잔뜩 골이 난 기색으로 앉아 있었다.

그러고 보니 그런 사람은 예충만이 아니었다.

예충의 곁에 앉은 환사와 천월도 그처럼 무언가 짜증스러운 기색이 역력했다.

제갈명은 잠시 그런 그들을 번갈아 살피다가 이내 깨달았다.

노골적으로 쳐다보고 있지는 않지만 그들이 알게 모르게 은연중에 신경을 쓰는 사람이 하나 있었다.

적현자였다.

제갈명은 그제야 깨달았다.

그들은, 아니 적어도 예충은 이 기회를 놓치고 싶지 않지만, 적현자가 보는 앞에서 자신의 절기를 드러내고 싶지 않았던 것이다.

'아직은 적현자를 완전히 신임할 수 없다는 건가?'

제갈명은 충분히 그 이유가 이해되면서도 왠지 모르게 맥이 빠져서 한숨을 내쉬었다.

다른 사람은 몰라도 풍사를 포함한 예충과 설무백의 대결은 그가 잔뜩 기대하던 일이었다.

그간 벌어졌던 그들의 비무를 그는 한 번도 구경해 본 적이 없어서 더욱 그랬다.

그러나 상황이 이런데 어쩌겠는가.

그는 애써 아쉬움을 달래며 설무백을 향해 말했다.

"그만 끝내죠?"

설무백이 그의 말대로 자리를 끝냈다.

그저 일어나서 조용히 자리를 뜨는 것이 그가 자리를 끝내는 방법이었다.

파격적인 변화가 있었던 광풍대의 서열 비무가 그렇게 끝났다.

그들의 시간 (1)

풍무장을 벗어나는 설무백의 곁에는 풍잔의 모든 요인들이 따르고 있었다.

그들과 약간의 거리를 두고 따르던 적현자가 슬며시 설무백의 곁으로 다가와서 넌지시 말을 건넸다.

"궁금한 게 있다."

설무백은 특유의 미온한 미소를 짓으며 짐짓 가늘게 뜬 눈으로 적현자를 바라보았다.

"뭔데요?"

적현자가 입을 열려고 하자, 설무백은 옆으로 빠져서 뒷사람들에게 자리를 내주며 말했다.

"어제 오늘 말도 많고, 탈도 많았는데, 따로 용무가 없는 사람은 괜히 눈치 보지 말고 그냥 흩어지지?"

광풍대원들을 이끌고 뒤를 따르던 천타와 백사방의 이칠, 대도회의 양의 등은 눈치껏 작별을 고하며 수하들을 인솔해서 자리를 떴으나, 대부분의 요인들은 그대로 남아 있었다.

설무백은 침묵으로 그들의 행동을 용인하고 적현자에게 다시 시선을 주며 말했다.

"말씀해 보세요. 얘기가 길면 자리를 옮기고요."

"긴 얘기는 아니고……."

적현자가 대수롭지 않다는 듯 그냥 말했다.

"어제부터 측면 쪽의 지붕에 죽치고 앉아서 비무를 지켜보는 걸개가 하나 있던데, 네가 모를 리는 없을 테고, 달리 무슨 이유가 있어서 그냥 두는 건가 해서."

설무백은 그거라면 별일 아니라는 듯이 대답했다.

"우리 풍잔의 후원에 북개방의 걸개들이 진을 치고 있다는 얘기는 들었을 테고, 거기 책임자인 막동, 막 장로입니다. 굳이 초대할 처지는 아니지만 몰래라도 보겠다는 것까지 막을 필요는 없는 것 같아서 그냥 둔 것이고요."

적현자가 놀랍다는 눈치를 드러냈다.

"북개방의 방주인 홍염개의 사제인 파면개가 여기 있었던 말이냐?"

"어쩌다 보니 그렇게 됐습니다."

설무백은 대수롭지 않게 얼버무리고는 재우쳐 물었다.

"왜요? 북개방과 무슨 문제라도 있습니까?"

적현자가 별소리를 다한다는 듯 대답했다.

"산골에만 틀어박혀 있던 내가 북개방과 무슨 문제가 있을 것이냐. 나는 다만 보통이 아니게 보이는 걸개의 감시를 수수방관하는 네가 이상했을 뿐이다."

"말했다시피 굳이 막을 필요가 없다고 생각해서일 뿐, 다른 이유는 없습니다."

"묘한 말이구나. 막을 필요가 없다면 차라리 그냥 자리를 마련해 주지 그랬느냐?"

설무백은 사뭇 단호하게 고개를 저었다.

"그럴 수는 없지요. 그건 전혀 다른 문제입니다."

적현자가 이해할 수 없다는 표정으로 쳐다봤다.

"……몰래 보는 건 허락해도 자리를 내줄 수는 없다? 대체 그게 뭐가 다른 거지?"

"아주 많이 다릅니다. 몰래 보는 건 말 그대로 허락받지 않고 본다는 건데, 그나마 제가 외면해서 가능한 일입니다. 즉, 제가 딱 거기까지 허락하겠다는 뜻입니다. 본 것을 다른 곳에 누설하지 말라는 경고가 내포되어 있는 거죠."

적현자가 냉담하게 웃으며 말했다.

"개방의 장로를 마치 어린애처럼 손바닥에 올려놓고 조종하다니 참으로 대단하다는 생각이 들긴 한다만, 한편으로 매우 위태롭게 보이기도 하는구나. 개방은 그리 호락호락한 방파가 아니다. 개방이 그런 치욕을 감내하면서도 네 곁에 머물려는 데에는 그만한 이유가 있다는 소리다."

설무백은 태연하게 말을 받았다.

"그렇겠죠. 하지만 적어도 그게 저를 적대하려는 것은 아닐 겁니다. 호락호락하지 않다는 것은 그만큼 미련하지 않다는 뜻도 될 테니까요."

적현자가 어이없다는 표정으로 물었다.

"천하의 개방이 눈에 차지 않는다는 거냐?"

"개방이 아니라 북개방입니다."

설무백은 태연하게 잘라 말했다.

"그리고 눈에 차지 않는다는 게 아니라, 북개방이기 때문에 상관없다는 겁니다. 남개방이 있으니까요."

적현자가 잠시 이게 무슨 소린가 하는 표정을 짓다가 이내 깨달은 듯 황당해했다.

"설마 북개방과 남개방 사이에서 줄타기를 하겠다는 소리냐?"

설무백은 대수롭지 않게 말했다.

"어디 북개방과 남개방뿐인가요. 필요하다면 북련과 남맹을 두고도 줄타기를 할 겁니다. 설마 일전에 제가 우리 정도면 북련이건 남맹이건 탐이 나서 군침을 흘릴 거라고 한 얘기를 그냥 농담으로 들으신 겁니까?"

대답을 바라는 질문인 것이 아니라 그저 기억을 상기시키는 말이었다.

그는 사뭇 정색하며 새삼 주지시켰다.

"제 상대는 북련이나 남맹 따위가 아니라는 것을 잊지 마세
요."

"음!"

적현자가 침음을 흘리며 안색을 굳혔다.

설무백은 언제 냉정하게 굴었냐는 듯 특유의 미온한 모습
으로 돌아가서 불쑥 물었다.

"그보다 일전에 사사무에 대해서 저에게 해 준 말은 틀림없
는 사실인 거죠?"

적현자가 안색이 변해서 설무백을 보았다.

"내 생각을 따라 주겠다는 게냐?"

"정말 그런지 봐서요."

설무백은 대수롭지 않게 대꾸하고는 슬쩍 제갈명에게 시선
을 주며 물었다.

"어디지?"

그들의 대화에 집중하고 있던 제갈명이 재빨리 대답하며 앞
장서 나아갔다.

"이번에 신축한 풍유전(風幽殿) 지하입니다. 이쪽으로……!"

설무백이 여행을 떠난 사이에 신축한 풍잔의 건물은 모두
스물 두 채였다.

그중 열다섯 채는 이미 완공되었고, 일곱 채는 아직 완성

되지 않았는데, 모든 작업이 마무리되면 높은 하늘에서 내려다보는 풍잔의 건물 구조가 만(卍) 자형을 이룬다고 했다.

이는 풍수지리(風水地理)와 기관학(機關學), 토목지술(土木之術)에 남다른 조예가 있는 제갈명의 기획이며, 외부의 침입을 가장 효과적이면서도 완벽하게 방어할 수 있는 구조라는 주장이었다.

풍유전은 그중 하늘에서 내려다볼 때 북쪽 방향의 중심인 정북(正北)에 자리한 삼층의 전각으로, 이미 완공되어서 풍잔의 경비를 맡고 있는 호풍사랑대가, 일명 호풍대가 거주하고 있었다.

그리고 풍유전의 지하에 뇌옥이 꾸며진 것은 애초에 풍유전이 풍잔의 경비를 책임지는 호풍대의 거처로 신축되었기 때문이다. 다만 아직 풍유전의 지하에 꾸며진 뇌옥은 구색에 불과했다.

백여 장의 공간에 삼십여 개나 되는 뇌옥에 감금된 사람이 고작 사사무 하나뿐이었다.

설무백은 적현자는 물론, 뒤를 따르는 거의 모든 요인들을 풍유전의 입구에 대기시켜 놓고, 제갈명과 호풍대주인 맹효, 그리고 공야무륵을 비롯한 기존의 몇몇 호위만을 대동한 채 지하 뇌옥으로 내려와서 한철로 만든 굵은 창살 너머에서 잡아먹을 듯이 노려보는 사사무를 마주하며 말했다.

"네게 기회를 주려고 왔다."

"네게……?"

사사무가 살기 어린 미소를 지었다.

"혀가 짧아졌네?"

설무백은 무심하게 말했다.

"보다시피 나는 밖에 있고, 너는 그 안에 있다. 내가 너에게 하대 못할 이유가 전혀 없잖아."

사사무가 음충맞게 웃었다.

"흐흐흐……! 과연 영악하게 기회를 활용할 줄 아는군. 어리거나 말거나 흑도는 흑도다 이건가?"

설무백은 다른 말없이 그냥 귀찮다는 듯 슬쩍 손을 들어서 사사무를 가리켰다.

소리 없이 그의 손끝을 떠난 예리한 기세가 사사무의 몇 군데 요혈을 두드렸다.

전날 봉쇄한 마혈을 풀어 준 것이다.

사사무가 어리둥절해하며 삐딱하게 설무백을 바라보았다.

"무슨 뜻?"

설무백은 거두절미하고 말했다.

"너 강한 거 좋아한다며? 무당파의 그림자 노릇을 하는 것도, 그러면서도 적 노선배를 무시하지 못하는 것도 남몰래 적 노선배를 사사했기 때문이 아니라 적 노선배가 강하기 때문이라던데, 사실이야?"

사사무가 어이없지만 한편으로 무슨 말려는 것인지 궁금하다는 듯 피시 웃으며 반문했다.

"그렇다면?"

설무백은 슬쩍 곁에 서 있는 맹효를 일별하며 명령했다.

"열어 줘."

맹효가 예기치 못한 명령인 듯 흠칫하면서도 서둘러 뇌옥의 문을 열었다.

설무백은 그사이 사사무를 바라보며 말했다.

"말로만 들은 얘기라 네가 내게 순종하려면 내가 어느 정도 강해야 하는지 전혀 감이 안 온다. 그러니 이렇게 하자. 앞으로 세 번의 기회를 주마. 그 안에 날 죽여. 아니, 그냥 피 한 방울이라도 보면 내가 진 거로 하고 전에 네가 원하던 얘기대로 다 해 준다. 대신!"

그는 힘주어 말을 덧붙였다.

"실패하면 알지? 어때? 해 볼래?"

사사무가 의미심장한 미소를 지으며 설무백을 바라보았다.

그러던 한순간, 뇌옥의 내부를 밝히던 등불이 꺼짐과 동시에 사사무의 신형이 그 자리에서 홀연히 사라졌다.

뇌옥의 내부를 밝히던 등불은 꺼졌어도 밖의 등불이 남아 있어서 주변이 전부 다 캄캄하게 어두워진 것은 아니었다.

그러나 갑자기 눈앞을 밝히던 등불이 꺼지는 바람에 어지간한 사람도 일시지간 사물을 구별할 수 없을 정도의 어둠에 빠졌고, 사사무가 그 순간에 고도의 은신술을 발휘해서 몸을 감추었기 때문에 사람들은 시야가 어둠에 적응된 다음에도 사사무의 모습을 찾을 수가 없었다.

말 그대로 한순간에 유령같이 사라져 버린 것처럼 느껴지는 것이다.

이윽고, 확인하듯 질문하는 사사무의 목소리가 어디서 들려오는지 모르게 장내를 울렸다.

"나중에 딴소리 하는 거 아니지?"

설무백은 대답 대신 반문했다.

"하겠다는 거지?"

"물론! 지금이라도……!"

"좋아! 대신 지금은 말고. 지난 사흘 동안 마혈을 봉쇄당한 채 혼자 지낸 것이 꽤나 힘들었나 보다. 호흡 조절이 전혀 안되고 있어. 손발도 너무 떨고 있고."

"……!"

"오늘은 기력 좀 보충하고 내일부터. 알았지?"

설무백은 대답을 기다리지 않고 묵묵히 그냥 돌아서서 뇌옥을 벗어났다.

공야무륵과 맹효, 그리고 보이지 않는 암중의 혈영과 사도, 흑영이 그 뒤를 따라갔다.

다음 순간, 밖에서 흘러들어가는 불빛이 닿지 않는 뇌옥의 천장 한구석에 갑자기 두 개의 불빛이 나타났다.

사람의 눈동자였다.

사사무였다.

이내 두 개의 눈동자가 시퍼렇게 빛나면서 천장의 한구석에 등을 붙인 채 마치 거머리처럼 달라붙어 있는 그의 모습이 드러났다.

그가 은신술을 풀고 모습을 드러낸 것인데, 이내 흘러내리듯 바닥으로 내려선 그의 입에서 씹어뱉는 듯한 욕설이 흘러나왔다.

"건방진……!"

치욕도 이런 치욕이 없었다.

그도 그럴 것이, 방금 전 설무백은 거짓말처럼 그의 상태를 정확히 파악했다.

한순간 고도의 은신술을 발휘해서 사람들의 시선이 닿지 않는 천장의 구석에 달라붙었던 그는 본의 아니게 손발이 후들거리고 있었다.

설무백의 말처럼 사흘이나 마혈이 봉쇄된 상태였는지라 굳고 약해진 손과 발이 갑작스러운 운기를 감당하지 못했던 것이다.

'설마 나를 본 것은……?'

사사무는 절로 고개를 저었다.

절대 그럴 리가 없었다.

대무당파의 그림자로서 살기 위해서 방술(方術)과 사법(邪法)까지 마다하지 않으며 은신술의 극의를 터득한 그였다.

마음먹고 펼친 그의 은신술을 대무당파의 종사조차도 절대 파악할 수 없었다.

그저 넘겨짚은 것이다.

그가 사흘이나 마혈이 봉쇄당한 상태였다는 것을 알고 있으니, 그건 그리 어려운 일이 아니었다.

'영악한 놈! 건방진 놈! 가소로운 놈! 하늘 높은 줄 모르는 천둥벌거숭이 같은 놈! 뭐? 어쩌고 어째? 세 번의 기회를 주겠다고?'

어림도 없는 소리였다. 아니, 가소롭기 짝이 없었다.

전날 그가 설무백의 수하들에게 당한 것은 순전히 방심에 따른 결과였다.

그날의 일은 순전히 그는 드러나 있고 놈들은 드러나 있지 않았기 때문에 벌어진 일인 것이다.

그는 홀연히 모습을 감추며 자리를 뜨는 와중에도 새삼 그날의 일에 분노해서 이를 갈고 또 갈며 맹세했다.

"기다려라 이놈! 내일 당장에 스스로 무덤을 팠다는 것을 깨닫게 해 주마!"

그들의 시간 (2)

"굳이 이렇게까지 신중할 필요가……!"

난주성의 동문 밖으로 십여 리나 떨어진 장소, 관도를 벗어나서 황하의 거친 물결을 곁하고 자리한 갈대밭이었다.

우거진 갈대를 엄폐물로 이용해서 관도에서도, 그리고 강변 쪽에서도 보이지 않게 웅크리고 있던 십여 명의 사내 중 하나가 지루하다는 표정으로 투덜거리다가 이내 자라목을 하며 조개처럼 입을 다물었다.

방만한 자세로 앉아 있는 것 같지만, 사실은 다른 사내들과 마찬가지로 갈대 속에 몸을 숨기고 있던 사내의 상관이, 바로 북련의 전위대 중 하나인 제선대의 제일단주인 사공척의 냉정한 눈초리가 그에게 돌려졌기 때문이다.

"죄, 죄송합니다! 잠시 주제넘은 실언을 했습니다!"

사내, 제일단을 구성하는 네 명의 향주 중 가장 연장자인 제일향주 무영삭(無影索) 모자추(毛刺雛)는 자신의 실수를 깨달으며 급히 머리를 조아렸다.

검붉은 비단옷에 비취(翡翠)를 박은 영웅건(英雄巾), 거기 치솟은 화사한 공작의 깃털, 허리에 매달려 있는 여우 모양의 비취옥패(翡翠玉佩) 등의 조화가 너무도 잘 어울려서 화류공자(花柳公子)를 연상케 하는 용모라 주변 사람들이 가끔 지금의 그처럼 착각할 때가 있지만, 화산 속가 출신인 사공척의 별호는 독화랑(毒華郎)이었다.

피[血]가 묻은 별호가 그렇듯 독(毒)이 들어간 별호에도 나름의 사연이 있는 법이고, 그 대부분의 사연은 알기 싫어도 알아야 두어야 할 정도로 지독한 경우가 흔하며, 독화랑 사공척도 그 범주를 벗어나지 않았다.

어지간해서는 화를 잘 내지 않았지만, 일단 한 번 화가 났다 하면 상대가 누구라도 끝장을 보는 성미의 소유자가 바로 아는 사람은 다 아는 독화랑 사공척이었다.

그런데 하늘이 도왔다.

고개 숙인 모자추가 무언가 처벌을 각오하며 질끈 눈을 감는 참인데, 어디서 누군가가 다가오는 기척이 있었다.

사공척이 눈짓했다.

사사삭-!

주변의 사내들이, 바로 사공척의 명령을 받고 모자추가 추려온 제선대의 정예들이 민첩하게 좌우로 거리를 벌려서 경계 태세에 돌입했다.

모자추도 그에 편승해서 태세를 갖추고 촉각을 곤두세우며 인기척이 들려온 방향을 주시했다.

그때 가장 먼저 반응을 보이던 사공척이 그냥 뒤로 물러나 앉으며 말했다.

"정(鄭) 향주다."

과연 다가오는 인기척의 주인공은 사공척의 명령을 받고 정찰을 나갔던 제이향주 정백곡(鄭伯穀)이었다.

이윽고.

"정백곡입니다, 단주님!"

자신의 정체를 알린 제이향주 정백곡이 갈대숲을 헤치고 모습을 드러냈다.

사공척이 눈살을 찌푸렸다.

정백곡은 혼자가 아니었다.

초로의 노인 하나를 어깨에 짊어지고 있었다.

"뭐야?"

사공척이 묻자, 정백곡이 겁에 질린 눈만 깜빡이는 노인을 바닥에 내던지며 보고했다.

"어째 상황이 묘합니다. 금산판 서상의 흔적은 분명 성내로 들어갔는데, 아무리 수소문해 봐도 막상 성내에서 그를 본 사람은 없었습니다.”

“설마 조용히 처리하자는 내 말을 잊은 건 아닐 테고, 그게 데려간 수하들 대신 이 늙은이만 데리고 돌아온 것과 무슨 상관이라는 건데?”

서상의 흔적을 추종해서 성내로 잠입해 들어간 정백곡은 네 명의 수하를 대동했다.

그런데 엉뚱하게도 수하들 대신 웬 늙은이 하나만 데리고 돌아온 것이다.

정백곡이 불편해진 사공척의 심기를 읽은 듯 재빨리 사연을 설명했다.

“그게, 오리무중인 서상을 수소문하다가 예상치 않은 얘기를 들어서 확인 끝에 적당한 늙은이 하나를 데려왔습니다. 서상이 찾던 아니, 그러니까, 우리가 찾던 설무백이라는 자에 대한 얘기입니다. 아무래도 단주님이 직접 들어 볼 필요성이 있는 것 같아서……!”

그는 슬쩍 바닥에 고꾸라져 있는 노인을 일별하며 의미심장하게 부연했다.

“성 밖과 성내를 오가며 저잣거리에서 좌판을 깔고 장사하는 황(黃) 노인이라는 자인데, 설무백에 대해서는 물론, 난주의 동향에도 제법 정통한 것 같습니다.”

사공척은 아무리 그래도 그렇지 이건 괜한 짓이 아닌가 하는 생각을 하다가 문득 다른 생각이 들어서 슬쩍 정백곡을 쳐다봤다.

정백곡이 그의 시선을 받기 무섭게 의미심장한 눈초리로 한차례 고개를 끄덕였다.

그는 이제야 사태가 명확하게 인지되었다.

정백곡은 길거리 장사를 한다는 이 황 노인과 많은 대화를 나누었고, 대화 도중에 황 노인이 정백곡을 의심하게 된 것이 분명했다.

그것을 눈치챈 정백곡이 황 노인을 그냥 놔두기에는 너무 위험하다고 판단해 데려온 것이었다.

사공척은 은근슬쩍 두려움에 떨고 있는 황 노인을 일별하며 정백곡을 향해 버럭 화를 냈다.

"뭐라고? 지금 그걸 말이라고 하는 거냐! 사실이 그렇다면 정중히 부탁을 해서 모셔 왔었어야지, 이게 대체 무슨 짓이냐! 아무리 급해도 그렇지, 나는 무슨 느닷없이 간세를 잡아들인 것으로 생각하지 않았느냐! 어서 당장 풀어 드려라!"

"죄송합니다, 단주!"

정백곡이 즉시 눈치껏 용서를 빌고 바닥에 고꾸라진 황 노인의 마혈과 아혈을 풀어 주었다.

황 노인이 넙죽 바닥에 엎드리며 머리를 조아렸다.

"사, 살려 주십시오! 저는 그저 협사님께서 묻는 말에 아는 대로 모두 거짓 없이 대답을 해 드렸을 뿐입니다! 저, 정말입니다!"

"두려워하실 필요 없습니다. 본인의 수하가 사정도 모르고 과하게 나섰을 뿐입니다. 그러니……."

사공척은 부드럽게 말하며 황 노인 앞에 한 무릎을 꿇고 앉아 재우쳐 물었다.

"안심하십시오, 몇 가지 질문에 대답만 부탁드리겠습니다. 노인장께서 설무백이라는 자에 대해서 알고 있다는 것이 사실입니까?"

황 노인이 고개를 들고 눈치를 보며 말을 더듬었다.

"아, 예. 그, 그게 별로 특별한 일도 아니고…… 난주에 사는 사람이라면 모르는 사람이 거의 없는 일이라……."

"그렇습니까?"

사공척은 반색하며 말했다.

"보시다시피 우리가 외지인이라 난주에 대해서 잘 모릅니다. 다만 설무백이라는 이름을 가진 자를 찾고 있는데, 마침 여기 난주에 그자가 있다고 해서 말입니다."

황 노인이 어느 정도 두려움을 떨쳐 낸 기색으로 눈치를 보며 조심스럽게 물었다.

"대체 무슨 일로 설 공자를 찾으시는 건지……?"

"그걸 설명 드리기는 좀……."

사공척은 은근히 말을 자르며 슬쩍 품에서 꺼낸 은자 주머니 하나를 황 노인의 손에 쥐어 주었다.

"그저 개인적인 원한입니다. 얼마 전 우리 가문의 보물을 훔쳐 간…… 아무튼, 만일 그자가 제가 찾는 도둑놈이 맞다면 나중에 다시 크게 보상할 테니, 도와주십시오!"

황 노인이 못내 당황한 기색이다가 이내 사공척이 건넨 은 자 주머니를 서둘러 품에 쑤셔 넣으며 웃음을 보였다.

"아, 그렇군요. 근데, 아마 설 공자는 협사께서 찾는 그 도둑 놈이 아닐 겁니다."

"어째서 그렇습니까?"

"왜냐하면 설 공자는……."

사공척이 자연스럽게 장단을 맞추며 유도하자, 황 노인이 언제 두려움에 떨었냐는 듯이 신이 나서 대외적으로 알려진 설무백에 대한 설명을 시작했다.

청해성의 유복한 가문의 자손이며, 망해 가는 객잔 하나를 인수해서 불과 수년 만에 난주 제일의 유지들과 어깨를 나란 히 했고, 지금은 무공을 익힌 협사들마저 절로 고개를 숙이 는 입지전적(立志傳的)인 인물이라는 설명이었다.

애써 황 노인의 말을 끊지 않고 틈틈이 탄성까지 흘리며 끝까지 설명을 유도한 사공척은 마침내 황 노인의 설명이 다 끝나자 절로 황당해하며 의문을 드러냈다.

"노인장의 말이 사실이라면 작금의 난주는 그 설무백, 설 공자라는 사람의 손에서 움직이고 있다고 해도 절대 과언이 아니라는 소린데, 대체 어째서 그와 같은 소문이 외부로 알려 지지 않은 겁니까?"

황 노인이 대수롭지 않게 대꾸했다.

"소인이 어찌 거기까지 알 수 있겠습니까. 다만, 어쩌면 협사님만 모르고 있을 수도 있지요. 아무튼, 설 공자는 그런 분입니다. 그러니 협사님이 찾는 그 도둑놈이 아닌 겁니다. 말한마디만 하면 그게 무엇이든 다 구할 수 있는 사람이 무엇이 아쉬워서 남의 물건을 훔치겠습니까. 아니 그렇습니까?"

"예, 듣고 보니, 정말 그렇겠네요."

사공척은 애써 순순히 황 노인의 말을 인정하며 툴툴 자리를 털고 일어났다.

"그래도 여기까지 왔으니, 그냥 갈 수는 없으니, 확인은 해봐야지요. 객잔 이름이 풍잔이라고요?"

황 노인이 엉거주춤 따라 일어나며 대답했다.

"아, 예, 그렇긴 한데, 괜한 헛수고가 아닐지⋯⋯?"

사공척은 짐짓 호탕하게 웃으며 말했다.

"아니면 그저 거기서 하루 쉬고 돌아가는 거죠. 거기 풍잔의 요리가 아주 뛰어나다고 했잖습니까."

"그것도 나쁘지 않겠습니다그려."

황 노인이 그럴 법도 하다는 듯이 대꾸하고는 은근히 눈치를 보며 재우쳐 물었다.

"그럼 저는 이만 가도 될지⋯⋯?"

사공척은 깜빡했다는 듯 웃으며 말했다.

"이런 내 정신 좀 봐! 예, 이제 됐으니, 어서 그만 가 보십시오. 도와주셔서 정말 감사합니다."

서둘러 인사한 그는 곧바로 정백곡을 향해 명령했다.

"네가 모셔다 드려라."

"아, 아니, 그냥 저 혼자 가도 되는데……!"

"아닙니다."

정백곡이 서둘러 나서며 고개를 숙였다.

"결례를 저지르고 제대로 된 사과도 하지 못했는데, 그럴 수야 있나요. 제가 기꺼이 모셔다 드리겠습니다."

"아니, 별말씀을……! 저는 괜찮은데……!"

"괜히 제가 미안해서 그러는 것이니 너무 부담 가질 필요 없습니다. 자, 자, 어서 가시지요. 동문까지는 배웅해 드리겠습니다."

"아, 예. 그럼 저는 이만……!"

황 노인이 미안하지만 어쩔 수 없다는 듯 사공척에게 고개 숙여 작별을 고하고는 서두르는 정백곡의 뒤를 따라서 자리를 떠났다.

앞서 정백곡이 절묘한 시점에 나타나는 바람에 위기를 넘긴 모자추가 멀어지는 그 모습을 주시하며 사공척의 곁으로 다가와서 넌지시 말했다.

"저리 그냥 보내시는 것은 아무래도……?"

사공척이 슬쩍 발길을 옮기는 것으로 모자추의 말을 자르며 물었다.

"네 눈에는 정 향주가 그리도 모자라 보이나? 은밀한 행보에 화근을 남겨 둘 정도로?"

"아……!"

모자추가 대답 대신 민망한 표정으로 고개를 숙였다.

정백곡이 극구 괜찮다고 배웅을 마다하는 황 노인을 굳이 배웅하겠다며 따라나선 이유가 어디에 있겠는가.

정백곡은 어떤 식으로든 화근이 될지도 모르는 황 노인을 처리하기 위해 따라나선 것이었다.

아니, 돌이켜 보면 정백곡의 생각이 아니었다.

사공척의 명령이었다.

정백곡은 다만 사공척의 의중을 정확히 읽고 나섰을 뿐인 것이다.

모자추는 새삼스러운 시선으로 사공척을 바라보며 서둘러 뒤를 따라붙었다.

그리고 조심스럽게 물었다.

"정말 이대로 풍잔을 방문할 생각이십니까?"

"그런데 왜?"

"이리 서두를 일이 아닌 것 같습니다."

"왜지?"

사공척이 인상을 찌푸리며 반문했다.

"조금 전까지만 해도 이거 너무 신중한 거 아닌가 하고 답답해하던 사람이 이제 와서 너무 서두르면 안 된다니? 지금 장난하나?"

모자추는 절로 말문이 막혀서 침묵했다.

그의 지적을 듣고 성난 짐승처럼 곤두선 사공척의 반감이 느껴졌기 때문이다.

그러나 그냥 입을 다물고 있을 수만은 없었다.

그게 혈기든 미숙함이든 간에 젊은 상관이 간과하고 넘어가는 부분을 지적해 주는 것이 자신처럼 늙은 수하의 몫이라는 것이 그의 생각이었다.

"외람된 말씀이나, 단주!"

그는 애써 마음을 다잡고 말문을 열었다.

"난주는 단순한 변방이 아니라 중원의 초입에 해당하는 관문 중 하나이며, 엄청난 교역량을 자랑하는 사통팔달의 입지 아래, 물경 백만에 달하는 인구와 더불어 수백의 홍등취(紅燈聚 : 홍등이 모인 거리)가 자리한 향락의 도시입니다. 혹자들 중에는 여기 난주가 중원의 항주(杭州)나 양주(揚州)와 비교되는 난봉꾼들의 천국이라고 말하는 자들이 있을 정도지요. 그래서입니다."

그는 충직하게 목소리에 힘을 주어서 결론을 말했다.

"아까 전에는 너무 신중한 것이 아닌가 했지만, 지금은 너무 서두르는 것이 아닌가 하는 생각이 듭니다. 향락의 도시는 외지인이 쉽게 드러나지 않으며, 다른 한편으로 누구도 쉽게 장악할 수 없다는 특성을 가지고 있으니까요!"

사공척은 뛰어난 수재다.

주변인들 사이에서 제선대주인 절정검 추여광의 오른팔이기 이전에 차기 제선대주의 자리를 차지할 유일한 사람이라고 인정받는 인재가 바로 그인 것이다.

비록 뛰어난 만큼 이른 나이에 강호 출도해서 강호사에 대한 지식이 부족한 면은 있으나, 그런 그가 어찌 모자추의 말을 이해하지 못할 것인가.

당연하게도 대번에 이해했다.

자신이 찾는 상대 설무백이 절대 무시할 수 없는 인물이라는 충고였다.

그의 생각도 같았다.

난주가 모자추의 설명과 같은 도시라면 불과 약관의 나이에 난주의 유지들과 어깨를 견주고 있는 설무백의 능력은 실로 보통이 아니었고, 절대 쉽게 상대해서는 안 되는 위인이었다.

그러나 그는 내심 모자추의 충고를 받아들이지 않았다.

받아들일 수 없었다.

그가 자신의 실수나 잘못을 지적하는 수하를 포용하지 못할 정도로 성숙하지 못해서가 아니었다.

순전히 그의 자존감이 높아서였다.

자만으로 봐도 상관없었고, 오만이라고 봐도 어쩔 수 없었다.

사공척은 타인의 인정과 무관하게 스스로의 실력에 대해서 상당한 자부심을 가지고 있어서 설무백을 두고 약하게 나갈 구석을 전혀 찾지 못했다.

그의 눈에 들어온 설무백은 고작 후미진 도시에서 방귀깨나 뀌는 애송이에 불과한 것이다.

게다가 지금의 그는 일전에 밀명을 내려서 난주로 보낸 서상의 실종으로 인해 직속상관인 추여광에게 매서운 질타를 받고 직접 이 자리에 나선 상황이었다.

설무백의 정체를 파악한 마당에 그냥 이대로 곱게 물러서기에는 너무나도 분한 그인 것이다.

"물론 모 단주의 말이 틀리지는 않았어. 하지만 말이야. 내가, 이 사공척이 이대로 꼬리를 말고 돌아가서 고자질하는 시누이처럼 대주에게 주절주절 보고나 해야겠어? 모 단주도 잘 알고 있잖아, 내가 그럴 수 없는 종자라는 거. 그러니 이렇게 하지."

사공척은 나름대로 합리적인 사고를 발휘해서 상황을 정리하며 결론을 내렸다.

"모 단주는 지금 즉시 총단으로 돌아가서 대주께 녀석의 정체를 보고하도록 해. 나는 잠시 여기 남아서 녀석에 대해 조금 더 파 볼 테니까."

"단주님의 마음을 모르는 바는 아니나, 애초에 저쪽에서 요구한 것은 설무백이라는 자의 정체였습니다. 하니……!"

"알아, 알아. 그래서 내가 미리 밝혔잖아. 단지 내가 그럴 수 없는 종자라고. 게다가 아직 나는 서상의 생사도 밝혀내지 못했어. 내가 이대로 물러나는 건 대주께서도 원치 않으실 거라는 생각은 안 들어?"

사공척은 인상을 쓰고는 모자추에게 대답할 기회를 주지 않고 재우쳐 부연했다.

"아, 물론 대주의 생각은 다를 수도 있지. 그때는 추 향주가 곧장 내게 달려와서 전해 주면 되잖아. 안 그래?"

대주의 생각이 다르면 돌아와서 알려 달라는 것은 형식도 아닌 말장난에 불과했다.

북련의 총단이 자리한 하남성과 여기 난주까지의 거리가 얼마라고 그런 전달이 가능할 것인가.

모자추는 그래서 더욱 이건 아닌데 하는 불길한 마음이 들었으나, 더는 항변할 수 없었다.

자존심 강한 사공척이 이 정도까지 배려하는 것도 매우 드문 일이었다.

마음 한편으로는 설마 하니 정말로 무슨 일이 있으랴 하는 생각도 들었다.

그도 그럴 것이, 그가 아는 사공척은 강한 자존심만큼이나 충분히 강한 고수였고, 누가 뭐래도 구대 문파의 하나인 화산파를 배경으로 둔 화산 속가제자였다.

어쩌면 그의 걱정은 정말 노파심에 불과할지도 몰랐다.

"예, 알겠습니다. 대신 대주께서 별다른 명령을 내리지 않더라도 곧장 돌아오도록 하겠습니다. 제가 있을 곳은 총단이 아니라 단주 아래이니까요."

약간의 아부가 가미된 말이었다.

적당한 아부는 인간관계에 있어서 윤활유와 같은 필수 요소였고, 오십 줄에 들어선 모자추는 그런 처세에 매우 능숙해져 있었다.

과연 그의 충고로 인해 감정의 골이 생긴 것처럼 보이던 사공척의 표정이 밝게 풀어졌다.

"그런 것까지야 막을 수 있나. 그렇게 해. 내 일이 그 안에 끝나면 중간에서 만나는 것으로 하지."

"예, 알겠습니다. 그럼 저는 이만……!"

모자추는 한결 홀가분해진 마음으로 인사하고 돌아서서 자리를 벗어났다.

사공척은 그렇게 자리에서 멀어지는 모자추의 뒷모습을 바라보다가 불쑥 말했다.

"아무래도 저 친구 이번 일 끝나고 돌아가면 바꿔야겠다. 심지도 굳고, 적당히 물러설 줄도 알아서 나름 괜찮긴 한데, 당최 생각하는 수준이 달라서 안 되겠어. 이것저것 말을 가려서 해야 하는 것도 불편하고 말이야."

곁에 서 있던 그의 수하들 중 하나, 모자추와 같은 지위인 제삼향주지만, 나이는 훨씬 어린 이십 대인데다가, 무엇보다도 화산 속가출신인 천응조(天鷹爪) 제운(制雲)이 사공척의 말을 받았다.

"네 명의 향주 중 셋이 이미 우리 화산 속가라 안 그래도 윗선에서 파벌을 나누는 것 아니냐는 눈치를 주고 있는데, 괜찮을까요?"

사공척이 코웃음을 쳤다.

"뭐 어때, 사실이 그런 걸. 따지고 보면 나는 늦은 편이야. 다른 단주들 중에는 벌써 자기네 식구들로 이미 물갈이 끝낸 애들도 있어."

사실이었다.

북련의 내부는 벌써 오래전부터 알게 모르게 구대 문파를 위시한 강북사패 등 거대 문파를 축으로 하는 파벌 다툼이 매우 치열해서 더 이상 감추고 말고 할 것도 없었다.

"그건 그렇긴 한데⋯⋯."

제운이 고개를 갸웃하며 의문을 제시했다.

"과연 욕심 많은 대주가 허락해 줄까요?"

"대주는 욕심이 많아서라도 허락해 줄 거다. 구대 문파의 제자들을 수하로 부리고 있다는 것을 자랑이요, 긍지로 여기는 사람이니까. 그보다 다른 단주들의 반발이 문제인데⋯⋯."

사공척은 픽 웃으며 말을 보탰다.

"그것도 우야무야 넘어갈 거야. 다들 여차하면 내가 일전에 제이단의 짝눈이나 제삼단의 왕눈이가 한꺼번에 두 명, 세 명씩의 향주를 자기 식구들로 교체한 것을 문제 삼을 줄 알고 조심할 테니까."

제운이 그걸 깜빡 잊고 있었다는 듯 이마를 쳤다.

"과연 그 수가 있었네요. 알겠습니다. 돌아가는 즉시 어디 적당한 자리가 있는 찾아보겠습니다. 추 단주가 그리 눈치가 없는 사람은 아니니 정당한 자리를 마련해 주면 별 문제는 없을 겁니다."

"그래, 뒤처리는 내가 할 테니까, 나중에라도 탈나지 않게 괜찮은 자리로 하나 알아봐라."

"여부가 있겠습니까. 돌아가는 즉시 해결하겠습니다."

사공척은 과장되게 부동자세를 취하며 대꾸하는 제운을 향해 짐짓 눈총을 주었다.

"또 까분다."

"헤헤……!"

제운이 다른 수하들에게 사공척과의 친분을 과시하듯 헤픈 미소를 흘렸다.

그때 누군가가 그의 뒤쪽에서 다가왔다.

사공척이 그를 알아보고 물었다.

"어떻게 됐어?"

제운의 뒤쪽에서 나타난 사람은 바로 앞서 황 노인을 배웅하러간 정백곡이었다.

성문 쪽으로 배웅하러 간 사람이 어째서 성문과 반대되는 방향에서 나타난 것일까?

정백곡이 의미심장한 대답으로 그 이유를 밝혔다.

"혹시 몰라서 서너 달 정도는 외지에 있는 친척 집에서 머물라고 했습니다. 물론 섭섭지 않게 챙겨 주었고요."

"잘했다."

정말 그런 것인지 아니면 다른 조치를 취한 것인지는 알수 없었으나, 사공척은 더 묻지 않았다.

그는 그냥 돌아서며 말했다.

"앞장서라. 풍잔으로 가자."

"옙!"

정백곡이 두 말없이 대답하며 앞장섰다.

사공척 등이 먼저 이동한 거리가 적지 않아서 난주성의 동문은 가깝게 느껴졌다.

그뿐 아니라, 동문에서부터 풍잔의 자리한 남문대로까지는 제법 먼 길이었으나, 전혀 힘들지도, 지루하지도 않았다.

난주성의 성내는 남북대전의 여파로 꽁꽁 얼어붙은 중원의 도성과 달리 활기가 넘쳐서 그들 일행 모두는 시간 가는 줄 모르고 그 거리를 걸어갔다.

'대체 뭐가 이렇게 달라?'

사공척은 정말이지 어리둥절했다.

마치 새로운 세상에 온 것 같아서 너무 놀랍고, 당황스러웠다.

그리고 그의 그 기분은 수많은 사람들로 북적거리는 남문 대로의 저잣거리 끝에 자리한 풍잔을 마주하자 극에 달할 수밖에 없었다.

객잔이라고 해서 그저 어디서나 흔히 볼 수 있는 객잔을 상상했는데 전혀 그렇지가 않았다.

높은 담장 안으로 그윽하게 자리 잡은 풍잔의 내부, 다대한 전각군은 궁성처럼 화려하진 않지만 궁성처럼 웅장해서 그는 절로 입이 떡 벌어졌다.

중원의 어느 곳을 가도 이 정도의 규모를 가진 객잔은 쉽게 찾아볼 수 없었다.

평소 풍류를 마다하지 않는 까닭에 중원의 이름난 기루나 주루는 거의 다 섭렵한 그라 누구보다도 잘 알고 있었다.

천하제일루(天下第一樓)라고 알려진 항주의 소강원(小康苑)도 지금 그의 눈앞에 펼쳐진 풍잔의 전경과 비교하면 초라하기 짝이 없었다.

그러나 사공척은 제아무리 놀랍고 당황스러운 상황에 직면해도 임무를 소홀히 하거나 원한을 잊는 사람이 절대 아니었다.

"너희들은 근처에 산개해 있다가 혹시라도 신호를 보내면 저기 대문 앞만 점거하도록 해라."

사공척은 이번에 대동한 열한 명의 정예들을 전부 다 밖에 잠복시켜 놓았다.

그리고 오직 총단으로 돌려보낸 제일향주 모자추를 제외한 세 명의 향주만을, 즉 제이향주인 산화수(散花手) 정백곡과 제삼향주인 천응조 제운, 제사향주인 삼선검(三仙劍) 완소구(阮小九)만을 데리고 풍잔으로 들어갔다.

괜히 우르르 들어가서 소란을 피울 이유가 없었다.

향주라지만 화산 속가의 주력을 이루는 그들과 함께라면 상대가 구대 문파에 준하는 방파만 아니라면 얼마든지 상대할 수 있다는 것이 그의 자신이었다.

"어서 오십시오!"

대문 안으로 들어서기 무섭게 점소이 하나가 쪼르르 달려와서 굽실거렸다.

"몇 분이십니까, 손님?"

"넷."

"어디로 모실까요? 식사와 술은 여기 객청과 저기 정원에서 이어지는……!"

"술. 가능하면 특실이 좋겠군."

"옙! 이쪽으로 오십시오, 손님!"

점소이가 싹싹하게 대답하고는 대문 안에 자리한 정원의 외곽을 돌아가는 길로 사공척 등을 안내했다.

대리석을 깔아서 만들어 놓은 외길이었다.

사공척은 별다른 생각 없이 점소이의 안내에 따라 그 길을 거슬러서 정원을 돌아갔다.

천하제일
주인

왠지 한적한 방향으로 가는 것 같았으나 그게 이상하게 생각되지는 않았다.

조용한 장소라면 오히려 환영이었다.

그런데 정원을 돌아서 담으로 구획된 새로운 장소로 들어섰을 때였다.

안내하던 점소이가 갑자기 발길을 멈추었다.

사람들로 북적이는 환경 속에서 알게 모르게 주변의 동정을 살피며 점소이의 뒤를 따라가던 사공척과 그 일행은 외딴 길목처럼 갑자기 한적해지고 조용해진 그때가 되어서야 보았다.

백의청년 하나가 점소이의 앞을 막아서고 있었다.

사공척 등이 어리둥절해하며 백의청년을 훑어보았다.

백의청년이 대수롭지 않게 슬쩍 그런 그들을 일별하며 점소이를 향해 물었다.

"뭐야?"

내내 상냥하고 싹싹한 모습으로 사공척 등을 안내하던 점소이가 대번에 안색이 변해서 정중하게 공수하며 대답했다.

"아, 예, 그냥 평범한 손님이 아닌 것 같아서 별당으로 모시려는 중입니다."

"그래?"

백의청년이 예리한 눈초리로 사공척 등을 훑어보며 점소이를 향해 손을 내저었다.

"알았으니, 가 봐."

"옙!"

점소이가 두 말없이 대답하며 그대로 자리를 떠났다.

사공척은 물론 세 명의 향주도 갑작스러운 상황에 황당한 나머지 돌아가는 점소이를 붙잡지 못하고 뒤늦게 백의청년을 노려보았다.

"이제 뭐 하는 짓이냐?"

백의청년이 고개를 끄덕이며 빙그레 웃었다.

"확실히 그냥 보통 손님은 아니네요. 무엇보다 외지에서 오신 분들이시고."

사공척의 뒤에 시립한 세 명의 향주가 이제야 무언가 상황이 틀어졌다는 사실을 깨달은 듯 서로서로 시선을 교환하며 험악한 기색으로 나섰다.

백의청년이 두 손을 들어서 그들을 향해 진정하라는 시늉을 하며 말했다.

"아, 그렇게 막무가내로 나오지 마시고, 우선 말로 해결해 봅시다. 다들 범상치 않게 보이시는 분들이신데, 대체 우리 풍잔을 방문하신 목적이 뭡니까?"

"객잔에 먹고 자러 오는 거지 무슨 다른 목적이 있겠나. 설마 여긴 외지인들은 받지 않는 객잔인 건가?"

"그럴 리가요. 세상 어느 객잔이 그런 걸 구별하겠습니까. 다만 손님들께서 그저 먹고 자러 오신 분들로 보이지 않으니 문제인 거죠. 우리 애들 눈에나 제 눈에 말입니다.”

"그걸 왜 너희들이 정하는 것이냐? 그건 우리가 정하는 거다. 손님인 우리가 그렇다면 그런 거야. 안 그러냐?”

분위기가 대번에 험악해졌으나, 백의청년은 전혀 동요하지 않았고, 미소를 잃지도 않았다.

그저 잠시 앞으로 나선 정백곡 등을 가만히 살펴보다가 이내 정중히 공수하며 말했다.

"듣고 보니 그렇군요. 우리가 주제넘은 판단으로 손님을 불쾌하게 할 수 있겠네요. 죄송합니다. 기실 여기 난주가 생각보다 좁은 동네라서 그렇습니다. 외지인에 대한 경계가 사뭇 남다르지요. 타지의 풍습이려니 하고 너그럽게 이해해 주십시오.”

그는 새삼 깊이 고개를 숙여서 사과하고는 안쪽으로 이어진 소로를 가리켰다.

"자, 그럼 안으로 드시죠. 제가 직접 별채의 객청으로 안내해 드리겠습니다. 그리고 미리 약속드립니다. 손님들께서 지금 말씀처럼 언제고 아무 일 없이 떠나실 때는 제가 조금 전에 손님들을 모신 아이를 데려와서 함께 무릎 꿇고 진심으로 다시 한번 사과드리도록 하겠습니다.”

앞으로 나섰던 세 명의 향주가 머쓱해진 눈치로 이러지도 저러지도 못하며 사공척을 돌아보았다.

상대가 갑자기 사과하며 정중하게 나와 버리니 사납게 나

갈 명분이 없고, 그냥 수긍하고 따라가자니 함정일 수도 있어
서 망설이는 것이다.

"사람 참 멋쩍게 하는 재주가 있군."

사공척이 어색한 표정으로 혼잣말을 중얼거리며 정백곡
등, 세 명의 향주를 헤치고 앞으로 나서며 백의청년을 향해
거두절미하고 말했다.

"좋아, 솔직히 말하지. 사실 설무백이라는 자가 여기 주인
이라는 얘기를 듣고 만나 보러 왔다. 자리는 어디든 좋으니,
지금 당장 불러 줄 수 있겠나?"

더없이 정중하던 백의청년의 기색이 얼음처럼 싸늘하게 돌
변했다.

눈빛 또한 그렇듯 싸늘하게 식어 버린 그가 그 눈빛만큼이
나 싸늘해진 목소리로 말했다.

"예의가 많이 없으시네? 누구를 보고자 하면 먼저 자신의
정체부터 밝히는 게 순서 아닌가?"

사공척은 굳이 정체를 감출 이유가 없었으나, 차갑게 식어
버린 백의청년의 태도가 눈에 거슬려서 선뜻 입을 열지 않고
노려보았다.

그때 누군가 그의 말을 가로챘다.

"제가 알 만한 얼굴이네요."

새로운 장소를 구획하는 담의 문을 통해서 백의소녀 하나
가 걸어 나오고 있었다.

눈에 확 띄는 미인인 그녀가 빙글거리는 얼굴로 사공척을 바라보며 재우쳐 물었다.

"화산 속가제일인인 제검협(制劍俠) 마진(馬璡) 대협의 자리를 노리고 도전했다가 검을 뽑기도 전에 한 방에 나가떨어진 독화랑 사공척, 사공 소협 맞죠?"

그들의 시간 (3)

화산 속가 제일의 고수가 제검협 마진이라는 사실은 강호 무림에 사는 사람이라면 다 아는 사실이었다.

　현(縣)급의 작은 도시인 섬서성 산양부(山陽府)의 시골마을에서 무가(武家)도 아니고 유생가(儒生家)의 자식으로 태어나 화산파의 속가제자가 되고, 고작 마흔이라는 나이에 화산 속가제일의 고수로 인정받은 그의 성가(聲價)는 수많은 강호 무림의 후기지수들에게 선망의 대상으로 자리매김하고 있었기 때문이다.

　그러나 화산 속가들 중에서 손가락에 꼽히는 젊은 고수인 독화랑 사공척이 화산 속가제일인의 자리를 노리고 제검협 마진에게 도전했다가 패했다는 것을, 그것도 한 방에 나가 떨어졌다는 사실을 아는 사람은 거의 없었다.

그런 사실이 없었다는 것이 아니다.

그들, 두 사람이 비무는 몇몇 지인들만을 초대한 자리에서 지극히 은밀하게 진행된 까닭이었다.

그래서였다.

사공척은 너무 놀라고 당황해서 숨이 턱 막혔다.

때론 거짓보다 진실이 더욱 사람을 자극하고 충격을 주는 법이다.

잘생긴 사람에게 못생겼다고 말해 봐야 아무런 충격도 주지 못하는 농이 되지만, 못생긴 사람에게 못생겼다고 말하면 욕이 되어서 충격을 주며 화를 부르는 것과 같은 이치였다.

지금 사공척이 그랬다.

백의소녀의 말이 엄연한 사실이었기에, 더 나아가서 그걸 아는 사람이 거의 없어서 그 자신마저도 그간 잊고 지낸 까닭에 순간적으로 머리가 하얗게 비워져 버렸다.

느닷없이 폐부를 찔린 기분이었다.

과연 자신의 치부를 아는 저 여자는 누구일까?

'누구지, 이 계집?'

충격과 당혹의 감정으로 굳어진 사공척의 사고가 자연스럽게 분노로 이어졌다.

아무리 봐도 난생처음 보는 얼굴이었다.

제법 반반한 얼굴이라, 아니, 자세히 보니 어디 가서 빠지지 않을 정도로 빼어난 용모라 언제고 한 번이라도 만났다면 절대 잊지 않았을 텐데, 전혀 기억나지 않았다.

그러나 막상 화를 낼 수는 없었다.

길을 막은 기존의 백의청년이나 새롭게 나타난 백의 소녀나 하나같이 범상치 않은 기도의 소유자들이라는 점은 차치하고, 그의 인생에서 최고의 치욕 중 하나로 기억되는 그날의 비무를 아는 사람이라면 절대 평범한 사람이 아닐 것이기 때문이다.

"……누구신지?"

사공척은 부지불식간에 질문을 던지고 나서야 자신의 실태를 깨달으며 절로 얼굴이 붉어졌다.

울화가 치밀어 올랐다.

아무리 당황했어도 그렇지, 난생처음 보는 계집이 자신의 치부를 드러냈는데, 고작 누구냐는 질문이나 던지고 앉았다니 참으로 한심하기 짝이 없었다.

전면을 막고 있던 백의청년이 눈인사를 하며 살짝 물러나 자리를 내주자 백의소녀가 앞으로 나서며 빙그레 웃는 낯으로 신분을 밝혔다.

"저는 사문지현이라고 하는데, 아실지 모르겠네요. 저야마진 사형을 통해 사공 소협의 얘기를 자주 들었지만, 사공소협은 달리 저에 대해서 들을 곳이 없었을 테니 말이에요."

아니었다.

사공척도 그녀, 사문지현을 알고 있었다.

사문지현은 그 자신의 생각과 달리 화산 문하 사이에서 소리 없이 유명한 사람이었다.

강호 무림에서는 모르겠으나, 적어도 화산 문하들 사이에서는 전대의 고수인 금마교인 사문도의 손녀이자, 화산제일검인 경빈진인을 사사하다가 파문당한 팔불검 한상지의 제자라는 그녀에 대한 소문이 무성하게 나도는 까닭이었다.

'마진 사형과도 친분이 있다는 얘기는 들었지만, 설마 그런 얘기를 나눌 정도로 가까웠다는 건가?'

사공척이 아는 제검협 마진은 필요한 경우가 아니면 거의 입을 열지 않는 과묵한 사내였다.

그런 마진이 그날의 사건을 전해 주었다는 것은 두 사람의 관계가 보통은 아니라는 방증이었다.

"아, 사문 소저였구려. 말로만 듣던 사문 소저를 이렇게 직접 만나게 되다니, 참으로 감개무량하오. 한데, 사문 소저께서 어인 일로 난주에……?"

"만나서 감개무량한 것치고는 저에 대해서 너무 모르시는 것 아닌가요?"

"예……?"

사공척이 어리둥절하자, 사문지현이 빙그레 웃는 낯으로 덧붙여 말했다.

"일전에 돌아가신 조부께서 은거하신 복정산장이 바로 여기 난주에 있습니다. 그래서 저도 내내 여기 난주에서 살았답니다."

사공척은 못내 진땀을 흘리며 사과했다.

"그렇구려. 사문 소저의 조부께서 은거하진 복정산장이 여기 난주에 있다는 사실을 모르고 있었소. 미안하오."

"초면에 무슨 미안할 필요까지야……."

태연하게 사공척의 사과를 받아넘기는 사문지현의 눈빛이 살짝 변했다.

자신의 잘못을 쉽게 인정하고 용서를 구하는 사공척의 모습이 이채로운 기색이었다.

사공척은 그런 그녀의 기색을 느끼지 못한 채로 거리낌 없이 재우쳐 물었다.

"하면, 이런 곳에는 어인 일로 오신 건지……?"

마음을 다잡고 꺼낸 본론이었다.

여기 풍잔은 설무백이 주인인 객잔인데, 절묘한 시점에 나타난 사문지현이 마치 주인과 같은 태도를 보였기 때문이다.

"이런 곳이라는 말을 어떤 의미로 꺼낸 것인지는 잘 모르겠지만……."

사문지현이 슬쩍 사공척의 공격적인 말투를 꼬집어 놓고 질문의 답을 주었다.

"보다시피 저는 여기서 일합니다. 여기 풍잔의 주인 되시는 분을 모시고 있지요. 그래서 말인데……!"

사공척은 적잖게 놀란 나머지 그녀의 말이 끝나기도 전에 확인했다.

"지금 소저가 여기 주인인 설무백이라는 자를 따르고 있다고 말하는 거요?"

사문지현은 물론 곁에 서 있던 백의청년, 바로 맹효의 눈빛에 다시금 살기가 서렸다.

감히 주군의 이름을 함부로 부르다니, 맹효는 당장에라도 칼을 뽑으며 달려들 기세였고 사문지현도 한껏 불쾌한 기색으로 사공척을 노려보고 있었다.

사공척이 본능적으로 움찔하는 사이, 사문지현이 슬쩍 손을 내밀어서 사나워진 기색의 맹효를 제지하며 말했다.

"말씀드렸다시피 제가 모시는 분일뿐이지만, 아니라 지금 여기 있는 모두가 받들어 모시는 분입니다. 함부로 거명하다가는 저와의 인연 정도로는 감히 생명을 부지할 수 없을 테니, 조심하시는 것이 좋겠습니다."

사공척은 내심 사문지현의 경고에 울컥하다가 이내 깨달으며 안색을 바꾸었다.

지금 그의 앞에는 백의청년, 바로 맹효와 사문지현밖에 없었다.

뒤쪽의 통로로 눈에 들어오는 사람들이 있기는 했으나, 그들은 전부 다 그와 무관한 사람들, 정원가의 탁자에서 술과 음식을 먹고 마시는 손님들과 바삐 오가며 그들의 수발을 드는 점소이들이었다.

그런데.

'여기 있는 모두가 받들어 모시는……?'

사공척은 무심함을 가장한 냉정한 시선으로 사문지현을 마주한 채로 전신의 공력을 끌어 올려서 감각의 그물을 넓게 펼쳤다.

그제야 그는 느껴졌다.

어디선가 예리하게 그를 주시하는 시선들이 있었다.

그것도 한둘이 아니었다.

'고수들이다!'

사공척은 참으로 오랜만에 등줄기가 서늘해지는 느낌을 받았다.

오금이 당기는 기분과 가슴에서 부는 찬바람의 느낌이 그의 전신을 긴장시켰다.

북련의 내부에서도 이 정도의 은신술은 흔치 않았다.

단적으로 비교해서 북련주를 호위하는 자들과 비교해도 절대 아래가 아니었다.

게다가 더욱 놀라운 것은 느껴질 뿐, 위치를 파악할 수 없다는 사실이었다.

이건 저들이 의도적으로 자신들의 기세를 노출했다고 밖에는 생각할 수 없었다.

'내가, 이 사공척이 그리도 하찮게 보인다는 거냐?'

사공척은 긴장과 분노가 교차하는 감정 속에 오기가 생겨났다.

　그런 그의 생각을 아는지 모르는지, 사문지현이 사무적인 태도로 앞서 하던 말을 다시 꺼냈다.

　"아무려나, 이제 사공 소협의 말도 좀 들어 볼까요? 사공 소협이 북련의 일을 돕고 있다는 소문은 들었으니, 정확히 북련의 무슨 자격으로 어떤 일을 위해서 우리 주군을 만나려는 건지만 밝히면 되겠네요."

　사공척은 '우리 주군'이라는 말에 새삼 그녀의 단호한 감정을 느끼며 잠시 고민했다.

　그냥 이대로 물러나는 것이 낫지 않을까?

　임무는 이미 완수한 셈이니, 이대로 물러나도 그다지 굴욕적인 일은 아니다.

　하물며 설무백을 만나는 것 자체가 계획에 없던 일이고, 임무에도 어긋나는 일이 아니던가.

　'하지만……!'

　그의 자존심이 그것을 허락하지 않았다.

　누가 뭐래도 그는 구대 문파 중 하나인 화산파의 속가제자였고, 상대인 사문지현도 그걸 익히 잘 알고 있었다.

　이대로 물러난다면 그는 천하의 웃음거리로 전락할지도 몰랐다.

　그는 애써 마음을 다잡고 여유롭게 말했다.

"별일 아니오, 사문 소저. 본인은 그저 북련의 전위대 중하나인 제선대의 수장이신 추여광 대주의 명령으로 여기 풍잔의 주인이라는 설무백, 설 대협을 좀 만나러 왔을 뿐이오."

사문지현이 뭐라고 대꾸하기도 전에 어디선가 툴툴거리는 목소리가 들려왔다.

"뭐가 그리 복잡해?"

사문지현의 뒤쪽이었다.

산발한 머리에 배가 불룩 나온 땅딸보 노인과 훤칠한 키에 호리호리한 체격을 가진 백포사내 하나가 이쪽으로 다가오고 있었다.

바로 예충과 풍사였다.

사공척은 새삼 긴장했다.

누군지는 모르나, 예사롭지 않은 예충과 풍사의 기도가 그를 억압했기 때문이다.

'누구지……?'

사공척이 의문을 느끼며 경계하는 사이, 사문지현이 돌아보며 그들을 향해 목례를 취했다.

"오셨어요?"

이에 풍사가 같은 목례로 답례했고, 그보다 한 발 앞서 다가온 예충이 슬쩍 손을 들어 답례를 대신하며 사공척을 위아래로 훑어보았다.

"그래서 너는 대체 누구라는 거냐?"

사공척은 내심 적잖게 불쾌해서 인상을 썼다.

제아무리 범상치 않은 기도의 노인이라도 그에게 대우를 받으려면 이런 불량한 태도를 보여서는 안 되는 것이었다.

"이봐, 늙은이. 대체 나를 언제 봤다고 그리 반말을 찍찍 내갈기는 거지? 죽고 싶어서 그러나?"

"……."

예충이 벙 찐 얼굴로 눈을 깜빡거렸다.

풍사가 키득거렸다.

"예 노선배님이 잘못했네. 그러게 사문 소저가 알아서 처리하게 내버려 두자고 했잖아요. 자기 일도 아닌데 왜 괜히 나서서 어린놈에게 욕을 먹고 그래요."

"뭐, 어린놈?"

사공척이 도끼눈을 뜨며 풍사를 노려보았다.

"이것들이 쌍으로 미쳤나?"

풍사가 한 방 맞은 것처럼 웃음기를 지우며 쓰게 입맛을 다셨다.

화를 내리던 예충이 그 모습을 보고 웃었다.

"거참 재밌는 녀석일세."

그때 새로운 사람들이 나타났다.

"무슨 일이에요? 애들은 또 누구고……?"

천타였다.

같이 나타난 세 사람, 제갈명과 대력귀, 철마립이 서둘러

다가와서 사공척 등을 훑어봤다.

사공척은 기분 나쁜 그들의 눈초리를 보고도 이번에는 침묵을 지켰다.

그들 역시 보통이 아닌 자들이었기 때문이다.

대체 이게 무슨 조화일까.

어째서 나타나는 족족 하나같이 범상치 않은 고수들인 것인가.

의문이 가득해 보이는 사공척의 표정을 정말 재미있다는 듯 미소를 지으며 지켜보던 사문지현이 불쑥 모두에게 그를 소개했다.

"화산 속가이신 사공척, 사공 소협입니다. 강호에선 독화랑이라는 별호로 유명하고, 지금은 북련의 전위대인 제선대의 단주인데, 제선대주인 절정검 추여광의 명령으로 우리 주군을 만나러 왔다는군요."

그리고 또 모두에게 물었다.

"어떻게 할까요?"

장내의 모든 시선이 사공척에게 집중되었다.

사공척은 저절로 뱀 앞의 개구리처럼 혹은 고양이 앞의 생쥐처럼 오그라들었다.

"북련에서 왜……?"

"북련이 아니라 북련의 전위대인 제선대주 절정검 추여광의 심부름이라잖아."

"절정검 추여광이라면 내가 좀 알지. 정사지간의 고수를 대변하는 이십팔숙의 한 사람인 파사검(破邪劍) 채앙(蔡鴦)의 제자고, 요즘 잘나간다는 후기지수들인 무림 팔수의 하나로 꼽히지 아마?"

"지금 추여광의 내력이 왜 필요한데? 쟤는 그놈이 아니라 그놈 졸자라는 소리 못 들었냐?"

"아나, 졸자가 객지 나와서 고생한다, 니미……!"

장내의 모든 시선이 사공척에게 쏠리는 가운데, 새롭게 나타난 반천오객가 말을 주고받았다.

사공척의 얼굴이 새삼 볼썽사납게 일그러졌다.

첫눈에 평범해 보이지 않는 외관의 반천오객 역시 강호 무림에서 절대 쉽게 마주칠 수 없을 정도로 엄청난 기도의 소유자들이었기 때문이다.

'대체 여기가 어떤 곳이기에……?'

사공척은 새삼스럽게 주눅이 들어서 자신의 의지와 무관하게 주변의 눈치를 살폈다.

그런 그의 태도와 상관없이 묘하다는 눈초리로 쳐다보던 사람들이 잠시 대화를 나누었다.

시작은 사공척을 두고 말하는 예충의 의문이었다.

"잘못 찾아온 것 아닌가?"

풍사가 동조했다.

"하긴, 제선대의 대주도 아니고 일개 단주 따위가 우리 주군께 무슨 볼일이 있을까 싶네요."

사문지현이 고개를 저으며 대답했다.

"아니요. 자기 입으로 그렇다고 했는걸요. 분명 제선대주인 추여광의 심부름이라고 했어요."

예충이 정말 같잖다는 듯이 툴툴 거렸다.

"추여광의 심부름이면 뭐가 다르나? 저가 제선대의 대주면 대주지, 직접 와도 시원찮을 판에 졸개를 보내서 뭘 어쩌자는 게야?"

못내 오만상을 찡그리며 화를 드러내는 예충의 곁에서 풍사가 옆에 서 있는 대력귀의 어깨를 툭 치며 물었다.

"추여광이라는 놈이 누군지는 모르겠지만, 전위대의 대주라면 그래도 북련에서는 방귀 깨나 뀌는 놈 아닌가?"

대력귀가 무언가 다른 생각을 하는 듯하다 이내 그냥 고개를 끄덕였다.

"대충 그렇죠."

풍사가 그제야 불쾌한 기색으로 삐딱하게 사공척을 바라보는 예충의 소매를 당기며 말렸다.

"너무 그리 겁주지 마세요. 그러다 울며 돌아가면 주군께서 곤란해지실 수도 있는 애가 보낸 건 확실한 것 같으니까."

"그런가?"

예충이 정말 그런가 싶은 표정을 지을 때였다.

"아니, 이것들이 정말……!"

사공척을 경호하기 위해 뒤와 좌우측으로 나선 상태로 장
내의 대화를 듣던 세 명의 향주, 정백곡과 제운, 완소구가 더
는 참지 못하고 분노를 터트리며 나섰다.

　　엄연히 그들은 구대 문파의 하나인 화산파의 속가제자들
이었고, 굴렀다면 굴렀으며, 싸울 만큼은 충분히 싸워 본 사
람들이었다.

　　무엇보다도 그들은 사공척과 달리 상대의 능력을 간파할
수 있는 눈이 없었다.

　　지금껏 그들이 숨죽이고 있었던 것은 이유를 모르게 참고
있는 사공척의 눈치를 보았기 때문이지 하나씩 둘씩 모여든
풍잔의 요인들 때문이 아니었다.

　　요컨대 적진이고 수적으로 밀리는 것이 조금 께름칙하긴
했으나, 말 그대로 그들은 참을 만큼 참은 상태였다.

　　그래서 자신들의 직속상관인 사공척을 눈앞에 없는 사람
취급하며 추여광만을 두고 이렇다 저렇다 주절대는 저들을
더 이상 용납할 수 없었다.

　　그러나 그들은 무조건 용납했어야 했다.

　　"보자보자 하니까, 정말 누굴 미친년 핫바지로 보나, 어디
서 감히 머리끝에 올라가 앉으려고……!"

　　우선 발끈해서 가장 먼저 악을 쓰고 나선 것은 천응조 제
운이었다.

　　그리고 뒤를 이어 칼을 뽑아 들며 분노를 터트린 것은 우측

으로 나서 있던 삼선검 완소구였다.

그래서 그가 제일 먼저 당했다.

천응조 제운과 산화수 정백곡과 달리 그는 검을 쓰기 때문에 바로 검을 뽑아 들었으며, 하필이면 예충과 풍사가 그와 가까이 있었다는 것이 그 이유였다.

"어라?"

예충이 실소하며 손을 내밀어서 완소구가 뽑아 든 칼을 낚아챘고, 풍사가 졸지에 수중의 칼을 빼앗겨서 당황하는 완소구의 뒷목을 한 손으로 잡아 종아리를 걷어찼다.

우직-!

"크윽!"

섬뜩한 소음과 함께 신음을 내뱉은 완소구가 사정없이 앞으로 고꾸라졌다.

명색이 화산 속가라는 완소구가 눈 깜짝할 사이에 종아리가 부러져서 허연 뼈가 밖으로 튀어나온 상태로 바닥에 얼굴을 처박았다.

풍사가 그런 그의 뒷목을 발로 밟으며 눈살을 찌푸렸다.

"뭐야, 이놈?"

권법이 장기라 칼을 뽑아 들진 않았으나, 간발의 차이로 몸을 움직이며 태세를 갖춘 정백곡과 제운의 상황도 완소구와 그다지 크게 다르지 않았다.

기실 정백곡은 산화수라는 별호답게 화산권법의 정수만을

추려 놓았다는 화산매화권(華山梅花拳)에 속한 산화수를, 제운은 화산응조공(華山鷹爪功)의 정수인 천응조를 육 성까지 익힌 자였다.

이는 본산의 삼대 제자를 상회하는 수준으로, 속가의 범위에서만 따진다면 능히 상위 서열을 노릴 만한 경지였다.

하지만 지금 이 자리에서는 전혀 그렇지 않았다.

정백곡이 태세를 갖추며 산화수의 진기를 일으키던 손목을 가볍게 낚아채 당긴 사람이 있었다.

대력귀였다.

동시에 그녀의 발끝이 손이 당겨지는 바람에 몸이 앞으로 딸려 온 정백곡의 발목을 받쳤다.

정백곡의 몸은 여지없이 공중으로 붕 떠서 저만치 떨어진 담벼락에 처박혔다.

와르르-!

담벼락이 무너지며 그 잔해가 정백곡의 몸을 뒤덮었다.

무너진 담벼락에 파묻혀서 두 다리만 밖으로 나와 있는 정백곡은 살았는지 죽었는지 조금도 움직이지 않았다.

그런 정백곡과 거의 동시에 움직여서 두 손을 새의 부리처럼 만든 제운은 그 순간에 몸이 허공으로 떠올라서 사지를 바동거리고 있었다.

뒤늦게 반응했으나, 오히려 빨랐던 천타의 손이 그의 목을 움켜잡은 채로 높이 쳐든 까닭이었다.

"크으으……!"

숨이 막혀서 파랗게 변해 가는 얼굴로 신음을 흘리는 제운의 바동거림이 빠르게 잦아들고 있었다.

그의 목을 움켜잡은 천타의 완력이 그 정도로 강력했기 때문인데, 그대로 두면 곧 질식해서 기절하고 이내 혀를 길게 빼문 시체로 변할 것만 같았다.

"놔라!"

사공척은 아무리 모자란 수하라도 차마 그건 볼 수가 없어서 발작적인 고함을 내지르며 칼을 뽑았다.

그러나 그게 다였다.

칼을 뽑아 든 그는 더 이상 움직일 수가 없었다.

섬뜩한 느낌을 주는 서슬이 그의 목에 달라붙어 있었다.

사공척은 도대체 언제 움직인 것인지 전혀 볼 수도, 느낄 수도 없었다.

그것은 풍사가 한손으로 뻗어 내고 있는 장창의 창극이었다.

"……!"

사공척은 너무 놀란 나머지 헛바람조차 흘리지 못하고 굳어졌다.

그의 공격을 이처럼 간단히 차단할 수 있는 고수는 북련 내부에서도 그리 흔치 않았다.

제아무리 사전에 대비하고 있었다고 해도 이건 정말 믿기

힘든 일이었다.

그때 제갈명이 다급하게 외쳤다.

"죽이면 안 됩니다!"

풍사가 심드렁하게 물었다.

"죽여서 안 될 이유라도 있나?"

제갈명이 다급해 대답했다.

"북련에서 보낸 자들입니다. 신중할 필요가 있습니다."

"주제도 먼저 칼을 뽑아 들고 덤비는데도 단지 북련에서 보냈다고 살려 줘야 하나?"

"죽이든 살리든 우리가 결정할 문제가 아니죠. 주군께서 결정하셔야죠."

풍사가 가볍게 고개를 끄덕이는 것으로 수긍하며 창대를 든 손을 조금 당겨서 사공척의 목에 달라붙은 창극을 떼어 내며 말했다.

"일단 그 칼은 버리자."

하지만 사공척은 선뜻 수중의 칼을 놓을 수가 없었다.

태어나서 이런 수치는 정말 처음인 그였다.

풍사가 미간을 찌푸리며 경고했다.

"좋은 말로 할 때 놓지?"

사공척은 자존심과 오기 사이에서 갈등했다.

그때 추레한 몰골의 노인 하나가 장내로 다가오며 그런 사공척을 타박했다.

"괜한 고집부리지 말고 놔라. 거기 천 대주도 그만 놓아주시게. 그러다 그 아이 정말 숨 막혀 죽겠네."

사공척은 절로 자신의 눈을 의심했다.

장내로 다가선 추레한 몰골의 노인은 바로 그가 익히 잘 아는 북개방의 장로인 파면개 막동이었기 때문이다.

"아, 아니, 막 장로님께서 왜 이곳에……?"

사공척은 너무 놀라고 황당해서 절로 수중에 들고 있던 칼을 바닥에 떨구었다.

그들의 시간 (4)

북개방의 장로, 파면개 막동이 그런 그를 향해 쓰게 웃고는 새삼 천타를 바라보았다.

　천타는 그제야 제운의 목을 움켜잡고 있던 손을 풀었다.

　어느새 축 늘어진 상태로 뻣뻣하게 굳어진 제운이 허수아비처럼 바닥으로 떨어졌다.

　이미 숨이 막혀서 죽은 것처럼 보였으나, 아니었다.

　천타가 발끝으로 슬쩍 옆구리를 걷어차자 곧 정신이 돌아온 제운이 바닥을 기며 헛구역질을 해댔다.

　막동이 안도의 한숨을 내쉬며 말했다.

　"고맙네."

　천타가 어깨를 으쓱했다.

어차피 그도 딱히 죽일 생각은 없었던 것이다.

풍사가 그사이 사공척의 목을 겨누고 있던 장창을, 바로 아는 사람은 다 아는 그의 신병인 흑비를 거두어들였다.

그리고 뒤로 빠지며 슬쩍 예충의 소매를 당겼다.

"이제 우리가 나설 필요도 없을 것 같은데요?"

예충이 수긍한다는 듯 묵묵히 고개를 끄덕이며 풍사가 이끄는 대로 뒤로 물러났다.

풍사가 그렇게 예충을 당긴 채로 사문지현에게 시선을 주며 다시 말했다.

"보아 하니, 사문 소자가 그나마 저치에 대해서 아는 것 같으니, 마저 책임지고 처리해야 할 것 같구려."

막동과 사공척이 친분을 가졌다는 것을 직접 눈으로 본 풍사가 굳이 그걸 외면하며 언급하지 않는 것은 막동은 풍장의 식구가 아니기 때문일 것이다.

사문지현이 어쩔 수 없다는 듯 어깨를 으쓱했다.

"아무래도 그래야 할 것 같네요."

막동이 쓰게 입맛을 다셨다.

그는 풍사의 의중을 헤아리며 애써 나서지 않았다.

그때 풍사를 따라서 순순히 물러나던 예충이 한 방향으로 고개를 돌리며 빙그레 웃었다.

"그럴 필요도 없겠네. 오시는 걸?"

장내의 모든 사람들이 그의 시선을 따라서 고개를 돌렸다.

처음에 사공척 등이 점소이를 따라서 들어온 방향, 풍잔의 대문 안쪽에 자리한 정원을 벗어나는 통로의 끝이었다.

세 사람이 모습을 드러내고 있었다.

작은 체구지만 종처럼 넓은 어깨와 통나무 같은 일자 몸매가 강인해 보이는 공야무륵과 팔 척 거구의 사내, 바로 일인전승의 문파 금철문의 당대문주인 위지건을 거느린 설무백이었다.

당연하게도 사공척 역시 사람들을 따라서 시선을 돌렸고, 그 세 사람을 보았다.

그리고 절로 싸늘하게 굳어 마른침을 삼켰다.

그는 나타난 세 사내 중 누가 설무백인지 첫눈에 알아볼 수 있었다.

단지 공야무륵과 위지건이 설무백의 뒤를 따르고 있었기 때문이 아니었다.

설무백을 보자마자 그냥 알게 되었다.

아무런 의식을 하지 않았음에도 불구하고 지금까지 자신이 한 번도 만나 본 적이 없는 일생 최대의 위협이.

도무지 감당하기 어려운 최고의 적수가 다가오고 있으며, 그게 바로 설무백이라는 것을 그는 자연히 느껴졌다.

그리고.

쿵-!

가슴이 덜컥 내려앉는 환청(幻聽)이 귓가에 울리며 그의 머릿속에서 요란한 경종이 울렸다.

온몸에 무겁게 육박해 들어오는 중압감과 이유도 없이 여기저기 피부에서 일어나는 경련들은 아마도 그가 의식과 무관하게 본능에 의한 경고에 반응한 것일 터였다.

'이자는……!'

지금 다가오는 이자는 절대 내가 상대할 수 없는 자다!

이자는 괴물이다!

사공척은 적어도 그 정도는 능히 느낄 수 있는 고수였다.

"무슨 일이에요?"

장내를 둘러보며 들어선 설무백의 질문이었다.

최악의 상황에 대비해서 나름 알게 모르게 최대한 마음을 독하게 먹고 있던 사공척은 새삼 놀라고 당황했다.

여태 계속해서 놀라고 당황하기만을 반복하고 있어서 이제 완전히 바보가 되어 버린 것 같은 기분이었으나, 그래도 어쩔 수 없었다.

이건 정말 그가 전혀 예상하지 못한 태도였다.

당연히 수하에게 이곳의 상황을 전달받고 나선 것이라고 생각했는데, 그게 아니었던 것이다.

그럼 대체 이건 뭐라는 건가?

지금 그가 온몸으로 실감하고 있는 이 압도적인 위압감은 대체 무엇에 기인하는 것인가?

'무언가에 분노하지 않아도 자연히 위엄을 드러내는 기상

이라는 건가?'

그럴 리가 없었다.

분명 그런 것은 일가를 이룬 대가(大家)에게서도 보기 어렵고, 일파를 세운 지존(至尊)에게서조차 쉽게 기대할 수 없는 것이었다.

그런데 어찌 무림에 이름도 없는 자, 족보는커녕 명패도 알려지지 않은 일개 객잔의 우두머리에 불과한 자가 그럴 수 있는가.

이건 정말이지 말도 안 되는 일이었다.

사공척의 그런 혼란스러움과는 상관없이 제갈명이 나서서 설무백의 질문에 대답했다.

"북련에서 온 손님입니다. 자세한 사연은 모르겠으나, 북련의 제선대주인 절정검 추여광의 지시로 왔다는데, 화산 속가 출신으로 제선대 소속의 단주인 독화랑 사공척이라는 자입니다."

제갈명의 대답을 들으며 풍사가 발로 뒷목을 밟고 있는 산선검 완소구와 바닥에 엎드려 있다가 간신히 비틀거리며 일어나는 천응조 제운, 그리고 저만치 떨어져서 무너진 벽 잔해에 상체를 파묻고 있는 산화수 정백곡을 둘러본 설무백이 물었다.

"이런 상황이 벌어진 이유는?"

제갈명이 슬쩍 사문지현을 보았다.

이 상황을 처음부터 끝까지 지켜본 사람이 그녀였기 때문이다.

사문지현이 눈치 빠르게 나서서 앞선 상황을 빠르고 간단하게 설명했다.

사공척을 바라보며 그녀의 설명을 다 들은 설무백이 슬쩍 풍사를 향해 말했다.

"꽉 밟아서 터트릴 거 아니면 치워 주죠?"

"아!"

풍사가 깜빡했다는 듯 멋쩍은 기색으로 완소구의 뒷목을 밟고 있던 발을 급히 치웠다.

공야무륵이 그사이에 자리를 옮겨서 무너진 담벼락에 깔린 정백곡을 살피고 나서 다리 하나를 잡고 질질 끌고 오며 말했다.

"그냥 혼절한 겁니다. 약간의 내상과 갈비뼈가 서너 개 부러지고 대가리가 조금 심하게 깨지긴 했습니다만, 죽진 않았습니다."

"얘도요. 종아리뼈가 부러지고 안면이 조금 상한 것만 빼면 멀쩡하네요."

어느새 쪼그리고 앉아서 완소구의 상태를 살피는 남장 여자, 대력귀의 보고였다.

설무백은 묵묵히 고개를 끄덕이다 불쑥 사공척에게 시선을 던지며 물었다.

"날 찾아온 이유는?"

사공척은 순간적으로 흠칫 한 걸음 물러나고는 얼굴을 붉혔다.

느낌이야 어찌됐든 상대는 아무리 봐도 분명 약관의 청년에 불과했다.

이채롭게도 눈을 다치지 않은 것이 신기할 정도로 선명한 칼자국이 왼쪽의 눈두덩이와 뺨을 수직으로 가로지르고 있었으나, 그 흉터가 험악함이나 위화감을 조성하기는커녕 그저 애처롭게 보일 정도로 영준하고 순한 얼굴, 이제 갓 출도한 애송이처럼 풋풋한 인상이었던 것이다.

그런데 굴렀다면 굴렀고, 싸웠다면 충분히 싸웠다고 자부하는 그가 잔뜩 주눅이 들어서 고작 그런 애송이의 행동 하나에 토끼처럼 놀라고 말았다.

수치도 이런 수치가 없었다.

겁쟁이는 진짜 죽기 전에 여러 번 미리 죽는다더니, 지금의 그가 딱 그 꼴이었다.

'젠장!'

사공척은 울컥해서 화를 내려다가 슬며시 꼬리를 말았다.

막상 화를 낼 수가 없었다.

그가 설무백을 찾아온 것은 추여광의 명령이 아니라 그 자신의 결정이었고, 그 어느 것도 사실대로 밝힐 수 없는 내용이었다.

추여광의 명령은 극비고, 그의 결정은 주제넘은 오만에 불과했기 때문이다.

정말이지 난감하기 짝이 없는 상황이었다.

그때 누군가 장내로 다가오며 말했다.

"뭐야? 이제 보니 얘들과 한패인 애들이었나 보네?"

화사였다.

제갈명이 예리하게 물었다.

"누가 더 있었다는 겁니까?"

화사가 대답을 뒤로 미룬 채 가까이 다가와서 사공척 등을 훑어보며 손뼉을 쳤다.

"맞네. 꼬락서니가 똑같네."

그녀는 슬쩍 제갈명을 일별하고는 설무백을 향해 사내처럼 씩 웃으며 보고했다.

"구익조 애들이랑 교대하고 오는 중인데, 보니까 저잣거리에 웬 낯선 놈들이 서성이고 있더라고요. 딴에는 사람들 틈에 숨어서 풍잔을 보고 있는 꼴이 누굴 기다리는 것 같았는데, 영 어설퍼서 무슨 애들 숨바꼭질하는 줄 알았네요. 아무튼, 싹 다 잡아다가 뇌옥에 처넣었어요."

설무백이 물었다.

"몇이나 됐어?"

"열한 놈이요."

화사가 짧게 대꾸하고는 무언가 조금 부족하다고 생각했는지 은근슬쩍 눈치를 보며 부연했다.

"아직 죽은 녀석은 없는데, 제법 다친 녀석들이 많아서 서넛은 죽을지도 몰라요. 우리 애들이 좀 과하게 손을 쓴 면도 있지만, 걔들이 원채 약골이더라고요."

"헛소리!"

사공척은 부지불식간에 소리쳤다.

화사가 누군지도 모르는 그의 입장에선 웬 조그만 계집이 와서 그가 추려온 예하의 정예들을 마치 쓰레기처럼 취급했으니 분노 이전에 황당해서 자신의 처지도 잊고 맹렬하게 반발할 수밖에 없었다.

한둘이라고 생각하며 참았는데, 열한 명 전부라는 말에 터져 버린 것이다.

"그들은 북련의 정예들로 구성된 제선대에서도 정예로 꼽히는 대원들이다! 불과 반시진도 안 돼서 그들 모두를 제압한다는 것은 있을 수 없는 일이다!"

이에 화사가 아주 재미있다는 표정으로 사공척에게 다가가 삐딱하게 바라보며 피식 웃었다.

"얘 아주 골 때리네? 보아하니 네가 그놈들의 대가리인 모양인데, 그러는 너는 지금 처지가 어때서 그따위 소리를 하고 자빠졌냐?"

사공척은 얼굴을 붉히며 버럭 화를 내려다가 입을 다물었다.

불현듯 지금 자신의 실태를 깨달은 것이었다.

그러나 일단 치솟은 분노는 억누르기 힘들어서 그의 얼굴이 검붉게 변해 갔다.

애써 억누른 분노의 열기가 머리 꼭대기까지 차오르는 것 같았다.

화사가 반짝이는 눈으로 그런 그를 지그시 주시하다 불쑥 물었다.

"너 지금 막 분하고 억울해서 아주 죽겠지? 다른 사람들만 없으면 한주먹거리도 안 되는 계집이 까불고 있다고 생각하지? 그치?"

정말 그랬다.

사공척은 손가락이 근질거려서 미칠 것만 같았다.

생각 같아서는 앞뒤 가리지 않고 깐족거리는 이 계집을 단칼에 베어 버리고 싶었다.

화사가 그런 그의 마음을 정확히 읽으며 다시 사내처럼 씩 웃었다.

"기회를 줄 테니까, 어디 한번 해 볼래 나랑?"

그녀의 얼굴이 점점 더 사공청의 얼굴 가까이 다가왔다.

그러다가 한순간 확 뒤로 물러갔다.

공야무륵이 그녀의 뒷덜미를 거칠게 잡아당긴 것이었는데, 곧바로 매서운 질타가 그 뒤를 따랐다.

"주군 앞에서 까분다, 또!"

화사가 신경질적으로 투덜거렸다.

"오라버니는! 제가 까불기는 언제 까불었다고 그래요! 그냥 저 자식 눈빛이 하도 더러워서……!"

"마지막으로 경고하는데……."

공야무륵이 잘라 말했다.

"앞으로 한 번만 더 주군 앞에서 선을 넘으면 아무리 너라도 가만두지 않을 거다."

화사가 입을 삐쭉거리며 공야무륵을 외면했다.

한다면 하는 공야무륵의 성격을 누구보다도 잘 아는 그녀였기에 그녀는 더는 감히 나서지 못했다.

설무백이 그때 사공척을 보며 픽 웃었다.

"덕분에 한목숨 건졌군."

사공척은 설무백의 말이 무슨 뜻인지 대번에 알아들었고, 그게 조롱보다 더한 무시라는 생각도 들었으나 그냥 가만히 마른침만 삼켰다.

설무백과 시선을 마주하자 절로 그렇게 된 것이다.

방금 전까지 화사의 비아냥거림에 분노하던 감정마저 거짓말처럼 차갑게 식어 버렸다.

무심해 보이는 설무백의 눈빛에는 그를 그렇게 굴복시킬 만큼의 위압감이 담겨 있었다.

설무백이 그런 그를 주시하며 혼잣말을 중얼거렸다.

"가장 좋은 건 싹 다 죽여 버리는 거긴 한데……."

그는 슬쩍 고개를 돌려서 내내 심각한 표정으로 침묵하고 있던 파면개 막동을 보며 물었다.

"이 친구 죽이면 문제가 될까요?"

막동이 크게 당황하면서 고개를 돌려 설무백과 사공척을 번갈아 보았다.

당사자의 눈치도 눈치거니와 당사자를 면전에 두고 이런 질문을 던지는 설무백의 저의도 몰라서 안절부절못하는 기색인데, 이내 그는 작심한 듯 안색을 굳히며 말했다.

"당연히 이건 큰 문제로 비화될 거요. 사공 단주는 단순히 제선대주인 절정검 추여광의 측근이기 이전에 북련에서 화산 속가를 대표하는 인물이란 말이오. 절대 쉽게 생각하지 마시오, 대당가."

설무백이 자못 넌지시 물었다.

"쥐도 새도 모르게 해치우면 되지 않나요?"

막동이 두 눈빛으로 다부진 결의를 드러내며 대답했다.

"이미 내가 보고 있지 않소, 대당가. 그를 해치면 이 사람 역시 처리해야 할 거요. 내가 아무리 대당가를 믿고 의지한다고 해도 동료의 죽음을 눈감아 줄 정도는 아니오."

설무백이 참으로 난감하다는 표정으로 한숨을 내쉬며 고개를 저었다.

"화산파를, 아니, 더 나아가서 북련도 적으로 돌리는 건 별로 걱정이 안 되는데, 지금 당장 막 장로님을 내쳐야 하는 건

심히 가슴이 아파서 정말 고민이 되네요."

막동이 절로 마른침을 삼키며 설무백을 직시했다.

"대당가!"

설무백이 대뜸 웃으며 손사래를 쳤다.

"하하하……! 농담이에요, 농담! 이제 보니 우리 막 장로님 속이기 아주 쉽네요."

"……?"

"생각해 보세요. 아니 제가 무슨 깡다구로 그런 엄청난 일을 벌이겠습니까. 막 장로님이 이런 황당한 문제도 그리 진지하게 나오니, 제가 너무 무안해서 앞으로는 정말 농담도 제대로 못하겠네요. 하하하……!"

"아, 그, 그런 거요?"

막동은 한 방 맞은 표정이다가 뒤늦게 머쓱한 기색으로 미소를 흘렸다.

하지만 그의 눈빛은 여전히 대체 뭐가 진실인지 모르겠다는 혼란스러움으로 가득했다.

'대체 뭐가, 어떤 것이 농담이라는 거지? 사공척을 죽여도 되냐고 물어본 거? 아니면 화산파는 물론 북련조차 적으로 돌리는 것도 별로 걱정되지 않는다는 말이 농담인 건가? 아니, 그 이전에, 이 사람이 그동안 내게 단 한 번이라도 농담을 건넨 적이 있었던가?'

막동이 그와 같은 내면의 혼란스러움으로 때문에 어정쩡

한 태도를 취하고 있을 때였다.

설무백이 웃음기를 지우고는 사공척에게 문득 시선을 주었다.

"귀하가 나를 찾아온 이유를 선뜻 말하지 못하는 이유는 오직 하나야. 내게 매우 무례한 생각을 가지고 왔다는 거지. 그러니 이렇게 하자."

"……?"

"내가 그걸 모르는 척 외면해 줄 테니까, 당신은 수하들을 데리고 조용히 꺼져 줬으면 좋겠어. 서로 만나지 않은 것으로 하자는 거야. 나를 만난 순간만 기억에서 지워 버린다면 나에 대해서 다른 누구에게 어떤 말을 하더라도 상관하지 않을 테니까. 그래 줄 수 있지?"

사공척은 이미 알게 모르게 쩔쩔매는 파면개 막동의 모습과 그런 막동의 태도와 무관하게 그의 목숨을 두고 농담 같지 않은 농담을 주고받은 설무백의 모습을 본 터라 정신이 하나도 없었다.

극도의 긴장과 더 할 수 없는 분노 사이의 그 무엇인 감정으로 인해 자신의 심장 뛰는 소리가 마치 누가 악을 쓰는 것처럼 귓가에서 쿵쾅거려서 마치 무언가에 홀린 것 같은 기분이었다.

그러나 그런 와중에도 그는 지금 설무백이 요구하는 대답을 하지 않으면 무언가 돌이킬 수 없는 일이 벌어질 것이라는 예감에 사로잡혔다.

그는 필사적으로 정신을 가다듬고 대답했다.

"아, 알겠소, 귀하의 뜻을 따르겠소."

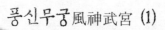

풍신무궁風神武宮 (1)

사공척은 조용히 풍잔을 떠났다.

　혼절에서 깨어난 세 명의 향주와 뇌옥에 처박혔다가 다시
끌려나온 수하들이 참담한 기색으로 그의 뒤를 따라갔다.

　대력귀의 손 속에 날아가서 벽에 처박혔던 산화수 정백곡
은 내상이 상당해서 동료들의 부축을 받아야 했고, 화사의
말마따나 뇌옥에 처박혔던 자들 중에서 심하게 다친 네 명이
끝내 사망했으나, 사공척은 끝내 군소리 하나 없었다.

　설무백에게서 받은 그의 충격은 그만큼 다대했다.

　그러나 설무백의 주변에서 그 상황을 정확히 간파한 사람
은 그리 많지 않았다.

　익숙함과 낯설음의 차이가 빚은 결과였다.

달빛을 처음 본 사람은 그 밝음에 놀라지만, 늘 달빛 아래 생활했던 사람은 놀랄 이유가 전혀 없는 것이다.

물론 그런 내막과 상관없이 무조건 시시비비를 따지는 사람도 있기는 했다.

제갈명이 그랬다.

"이대로 그냥 보내도 되나요?"

"이대로 그냥 보내지 않으면?"

설무백이 반문하자, 제갈명이 보란 듯 손으로 자신의 목을 긋는 시늉을 하며 말했다.

"그야 당연히 이렇게 보내야지요. 보고드렸다시피……!"

거침없이 말하던 제갈명이 문득 깨달은 듯 지근거리에 서있는 파면개 막동을 쳐다보고는 헛기침을 했다.

"……아무튼, 그냥 보내기에는 영 께름칙하지 않습니까."

"이거 정말 섭섭하군!"

막동이 불쑥 끼어들며 괘씸하다는 듯, 혹은 섭섭하다는 듯 제갈명을 노려보며 말했다.

"내 앞이라고 그리 말 가릴 필요 없네. 북련의 포교원 소속인 금산판 서상이 얼마 전 서너명의 졸개들과 함께 난주에 입성했다가 행방불명되었다는 사실 정도는 나도 알고 있으니까. 이래 봬도 내가 북개방의 장로라는 걸 잊지 말게나."

제갈명이 어깨를 으쓱했다.

실로 그가 말하려다가 막동을 의식해서 그만둔 말을 막동이 적나라하게 그대로 말한 것이다.

감추려던 속내가 들켰으니 누구라도 무안해할 상황인데, 제갈명은 달랐다.

제갈명은 아무렇지도 않게 막동을 쳐다보며 피식 웃으며 사실을 고백했다.

"행방불명이 아닙니다. 짐작하시겠지만 걔들 전부 다 이미 골로 갔습니다. 그것도 자기들 탓으로요. 사람 보는 눈이 없어도 유분수지, 하필이면 풍점의 제연청, 제 수사(秀士)를 찾아가서 주군을 언급하며 시비를 걸었으니, 죽을 수밖에요."

막동이 대꾸하려고 열어 둔 입을 다물지 못하며 눈만 끔뻑였다.

대수롭지 않게 감추려던 사태를 인정하며 설명까지 덧붙이는 제갈명의 뻔뻔함에 할 말을 잃어버린 것이었다.

제갈명이 그에 아랑곳하지 않고 설무백을 향해 다시 말했다.

"막 장로님도 이미 아시니 잘됐네요. 그러니까, 제가 하고 싶은 말은 이겁니다. 앞서 은밀하게 난주로 입성한 서상의 경우와 오늘 찾아온 저자, 사공척의 태도를 종합해 보면 이건 분명히 무언가 수상쩍은 내막이 있다는 건데, 이대로 저자를 그냥 보내도 되느냐 이거죠."

그는 힘주어 강조했다.

"이건 비단 저자가 북련에 소속되어 있어서 드리는 말씀이 아닙니다. 저자는 우리 풍잔의 저력을 모조리 섭렵했습니다. 무엇보다도 주군의 능력을 보았습니다. 이대로 두면 얼마든 지 화근이 될 수 있습니다."

제갈명의 의견에 동의하는 사람이 적지 않았다.

애타는 표정으로 설무백을 주시하는 막동과 상관없이 적지 않은 사람들이 고개를 끄덕이고 있었다.

와중에 제갈명의 의견에 동의하는 기색이던 풍사가 나섰다.

"지금이라도 명령만 내리시면……!"

설무백은 보란 듯이 한숨을 내쉬며 장내를 둘러보았다.

"우리 적은 북련이나 남맹이 아니라 따로 있다는 내 말 벌써 다들 잊은 거야?"

"설마 그럴 리가 있겠습니까."

풍사가 고개를 저으며 반박했다.

"다만 저는 작금의 상황에서 우리의 정보가 밖으로 새는 건 좋지 않다고 생각하는 것뿐입니다."

"제 말이 바로 그 말입니다."

제갈명이 기다렸다는 듯 동의하며 나섰다.

"주군께서 말씀하시는 우리의 적이 북련이나 남맹의 내부에 없다는 보장이 없질 않습니까."

설무백은 불쑥 물었다.

"저들만 쥐도 새도 모르게 처치하면 나나 우리 풍잔의 실체가 확실히 숨겨질 것 같아?"

"……!"

제갈명이 선뜻 대답을 못하고 머뭇거렸다.

갑작스러운 질문이기도 했지만, 확실히 그렇다는 보장도 없었던 것이다.

설무백은 그런 제갈명에게 짐짓 눈총을 주며 말했다.

"북련에 바보들만 있어? 그렇지 않다는 거 다들 잘 알잖아. 재들을 처리하는 건 빈대 잡자고 초가삼간 태우는 거랑 같아. 내가 확실하게 얘기해 두는데……."

그는 강조하듯 장내의 모든 사람들을 냉정하게 둘러보고 나서 말을 덧붙였다.

"북련이나 남맹을 경계하는 것은 좋아. 하지만 적으로 돌리는 짓은 하지 마. 그들 중 누구는 나중에 우리에게 필요한 사람이 될 수도 있으니까."

지금 그가 하는 이 말은 매우 심도 깊은 의미를 내포하고 있었다.

그가 작금의 강호 무림을 반분한 북련과 남맹이 언제까지 그 자리를 지키지는 못한다는 생각을 하면서 흘린 말이기 때문이다.

그는 북련과 남맹이 분열되는 것을 알고 있었다.

머지않아서 다가올 환란의 시대는 북련과 남맹의 분열이 기폭제였다.

그런 그의 생각을 어느 정도나 파악한 것인지는 모르겠으나, 모두가 모르게 침묵하며 고개를 끄덕이는 가운데, 제갈명이 불쑥 물었다.

"또 그 예지력이 발동하신 건가요?"

설무백은 곱지 않은 눈초리로 제갈명을 바라보았다.

제갈명이 재빨리 다시 말했다.

"아니, 그러니까 제 말은 사공척은 빈대가 아니라 언제고 나중에 우리가 필요한 사람이다. 뭐 이런 말씀이냐는 거죠."

설무백은 진심이야 어쨌든 제갈명의 예리한 지적에 절로 미소를 흘리고 말았다.

"아마도."

인정이었다.

내색을 삼갔으나, 그는 전생의 기억을 통해서 사공척을 이미 알고 있었다.

사공척은 이후 급살을 당한 절정검 추여광을 대신해서 제선대의 대주가 되는 인물이었다.

추여광이 왜 갑자기 죽었고, 사공척이 어떻게 모든 경쟁자들을 뿌리치고 제선대주가 될 수 있었는지는 중요하지 않았다.

중요한 것은 사공척이 제선대주가 된다는 것이고, 그보다 더 중요한 것은 북련의 내부에서 희여산의 독주를 막는 세력의 한 축을 감당하게 된다는 사실이었다.

설무백의 그런 속내를 아는지 모르는지, 제갈명이 어련하 겠냐는 듯이 말을 받았다.

"주군의 아마도보다 더 확실한 예상은 드물지요. 알겠습니 다. 저는 이제 더 이상 이 문제를 언급하지 않겠습니다."

설무백은 새삼 곱지 않는 눈초리로 제갈명을 쏘아보았다.

"너 말고 아무도 이 문제를 언급한 사람이 없었다. 네가 선 동해 놓고 이제 와서 무슨……!"

"그랬나요?"

제갈명이 딴청을 부리며 돌아섰다.

"그럼 저는 이만……!"

공야무륵이 손을 내밀다가 멈추고는 곁에 서 있는 거구의 사내, 위지건을 보았다.

위지건이 눈치 빠르게 손을 내밀어서 돌아서는 제갈명의 뒷 덜미를 낚아챘다.

제갈명이 낚싯대에 낚인 물고기처럼 허공에서 대롱거렸 다.

"왜, 왜 그러세요?"

설무백은 고개를 갸웃거리며 기겁하는 제갈명과 공야무륵, 위지건을 번갈아 보았다.

공야무륵이 말했다.

"제갈 문사에게 할 말이 있다고 하셔서……?"

"아!"

설무백은 그제야 자신이 밖으로 나온 이유를 기억해 내고 제갈명을 향해 물었다.

"전에 내가 지시한 연무관(研武館)이 완공되었다고 했지?"

"예, 그랬죠."

"가 보자."

설무백이 특유의 미온한 미소를 지으며 주변의 모두에게 말했다.

"마침 잘됐네. 다들 같이 가 보지?"

연무관은 제갈명이 풍잔을 증축한다는 얘기를 들었을 때부터 설무백이 따로 건축하라고 지시해 놓은 곳으로, 만(卍)자형을 이루는 풍잔의 내부 건물들 중에서 서쪽을 가로막은 전각들의 마지막을 차지한 대전이었다.

거대한 삼 층의 대전으로 보이나 실제는 통으로 하나인 연무관의 내부는 방형(方形)인 외관과 달리 천장을 비롯한 사방팔방이 마치 거대한 솥처럼 강철로 구성한 원형의 구조였는데, 이 역시 설무백의 각별한 지시에 따른 것이었다.

설무백은 반경이 얼추 십여 장이나 되는 연무관의 드넓은 실내를 흡족한 표정으로 둘러보며 그 이유를 말해 주었다.

"내가 전부터 꿈꾸던 계획이 하나 있는데, 둘이 힘을 합치면 천하의 그 어떤 고수라도 말 그대로 설령 천하십대고수의 하나로 꼽히는 절대 고수라도 능히 상대할 수 있는 이백 명의 정예부대를 만드는 거야."

설무백의 말이 다른 이들에게는 너무나도 황당하게 들린 모양이었다.

그의 말이 끝나기도 전에 나서는 사람이 있었다.

"어떻게……?"

제갈명이었다.

나서고 싶어서 나선 것이 아니라 너무 어처구니가 없어서 절로 말이 나온 것 같았다.

그는 입 밖으로 물음을 던졌다가 설무백이 쳐다보자, 허둥지둥 변명에 나섰다.

"아, 아니, 저는 그저 단순히 이론상으로 그건 천하십대고수 백 명을 기르겠다는 소리와 같은 거라, 대체 어떻게 그게 가능할 수 있다는 건지 도무지 당황해서 그만……!"

"그러니까 꿈이라고 했잖아."

설무백은 대수롭지 않게 대꾸했다.

그리고 그는 곧바로 그에 대한 반론을 폈다.

"하지만 나는 전혀 이룰 수 없는 꿈은 아니라고 생각해. 우선 이 자리에는 없지만, 검노나 환노, 천노는 이미 내가 원하는 경지에 들어섰고, 지금 이 자리의 대부분은 노력 여하에 따라서 얼마든지 그 정도 경지를 이룰 수 있을 테니까."

장내의 분위기가 싸해졌다.

본의 아니게 자존심이 상한 몇몇 사람들 때문이었다.

그중의 한 사람인 풍사가 툴툴거리듯 물었다.

"저야 그렇다고 쳐도, 예 노선배, 아니, 예 호법마저 그렇다는 건 평가가 너무 박하지 않나요?"

설무백은 냉정하게 대답했다.

"섭섭해도 어쩔 수 없어. 사실이 그러니까."

그는 슬쩍 예충을 보며 부연했다.

"다른 사람은 몰라도 나는 알아. 예 노가 석년의 기예를 다 회복하려면 아직 멀었어. 아직은 어림도 없는 일이지."

예충의 얼굴이 검붉게 변했다.

제아무리 무던한 사람도 다른 사람들 앞에서, 그것도 동료들 앞에서 자신의 부족한 능력을 지적받는 것은 창피한 노릇이었다.

풍사가 그런 예충을 조금이라도 돕고 싶은지 그대로 물러서지 않고 물었다.

"물론 그때는, 그러니까, 예 호법이 석년의 실력을 되찾는다면 얘기가 달라진다는 소리겠죠?"

설무백은 어깨를 으쓱이며 대수롭지 않게 인정했다.

"그야 물론이지. 그때는 천하십대고수와 일대일로 싸워도 쉽게 지지 않을 테니까."

풍사가 놀라서 눈을 끔뻑였다.

매사에 냉정한 평가를 내리는 설무백이라는 것을 알기에 은연중에 괜히 사람들 앞에서 더는 망신 주지 말고 부디 좋은 평가를 내려 달라는 눈빛을 보내긴 했지만, 설마 이 정도로 높은 평가를 내려줄 줄은 그도 예상하지 못했던 것이다.

그러나 설무백은 이 역시 냉정하게 내린 평가였다.

그는 곧바로 그걸 드러냈다.

"풍 아재의 애절한 눈빛 때문에 흰소리한 거 아니야. 지금의 연륜에 석년의 기예를 사용하는 예 노라면 분명히 그럴 거라고 생각하는 것뿐이지."

머쓱해하며 딴청을 부리던 예충이 사정을 듣기 무섭게 노한 눈초리로 풍사를 노려보았다.

이번에는 풍사가 머쓱해하며 딴청을 부렸다.

그때 제갈명이 이제야 깨달았다는 듯 갑자기 이마를 치며 말했다.

"아, 그러니까, 주군께서 직접 가르치겠다는 거죠? 아무래도 그 정도의 능력자들을 길러 낼, 아니, 가르칠 사람은 주군밖에 없잖아요! 맞죠? 그런 거죠?"

장내에 있는 모두가 그와 같은 생각을 한 것은 아닌 것 같았다.

모두 싸움의 승패만큼이나 치열한 능력의 우열에 집착한 나머지 그런 쪽으로는 전혀 생각하지 못했던 것이다.

일시에 설무백을 향해 돌려지는 모두의 시선이 그것을 대변했다.

설무백은 모두의 시선에 부응해서 말했다.

"이미 나름의 길로 들어선 사람들을 가르친다는 것은 말이 안 되지. 대신 도움을 줄 수는 있겠지."

그는 전에 없이 씩 웃으며 덧붙였다.

"물론 원하는 지원자가 있다면!"

지원자는 많았다.

우선 설무백과 함께 연무관을 방문한 풍잔의 요인들 거의 대부분이 지원했다.

그리고 그 자리가 끝난 다음에는 설무백의 계획을 전달받은 나머지 풍잔의 요인들 중 일부와 풍잔의 주력인 광풍대의 대원들도 앞다투어 나서는 바람에 연무관의 인원은 대번에 포화 상태를 넘어 버렸다.

설무백은 그로 인해 다음 날 풍잔의 요인들이 다시 모인 취의청에서 그것을 간단하게 정리했다.

"내가 틈틈이 지도할 수 있는 인원은 스물여덟 명이고, 이건 애초에 풍잔의 수뇌진을 위한 계획이었으니, 그들을 제외한 나머지 인원만을 광풍대에서 선발하도록 한다."

제갈명이 모두의 생각을 대변했다.

"불만이 적지 않을 겁니다. 그렇다고 내색하지는 않을 테지만, 적어도 주군께서는 누구도 차별하지 않는다는 것을 모두가 알아야 한다는 것이 저의 소견입니다."

"차별이 아니라 규율이야."

설무백은 잘라 말했다.

"연무관의 이름은 풍신무궁(風神武宮)으로 하고, 수료 기간을 정한다. 일 년이다. 나름의 하한선을 정할 테지만, 엄연히 해마다 새로운 인원으로 교체하겠다는 뜻이다. 따라서 이번의 인원은 그저 풍신무궁의 일기(一期)가 되는 것이며, 능력만 따라 주고 시간이 허락한다면 언젠가 풍잔의 모두가 수료할 수 있을 거다."

이에 제갈명은 말할 것도 없고, 풍잔의 수뇌부 모두가 반색했다.

설무백의 말대로 이건 규율이 정해지는 것이지 차별이 아니었다.

더 나아가서 풍잔이 도약할 수 있는 요인으로 작용할 가능성이 매우 지대했다.

"앞으로 벌어질 광풍대의 서열 비무가 정말 볼만하겠습니다. 풍신무궁에 들려고 아주 사력을 다할 테니 말입니다."

제갈명이 다시금 모두를 대변하자, 설무백이 고개를 저으며 그의 말을 정정해 주었다.

"이제 광풍대의 서열 비무가 아니라 풍잔의 서열 비무다."

그리고 그는 힘주어 강조했다.

"경쟁은 성장의 원동력이니, 절대 막지 않겠어. 다만 선의의 경쟁이 아니라면 추호도 용납하지 않고 내 손으로 징계하겠다."

"휴우, 이거 마치 무슨 태풍이 한바탕 휩쓸고 지나가는 것 같은 기분이네요."

제갈명이 도무지 정신을 못 차리겠다는 듯이 휘파람을 불며 절레절레 고개를 흔들었다.

그는 정말 감탄했다는 듯 상기된 얼굴로 말했다.

"풍신무궁은 앞으로 틀림없이 우리 풍잔을 이끌어갈 요인들을 양성하는 장소가 될 겁니다. 급격하게 방대해지는 풍잔의 규모를 지탱하려면 대체 어떤 수단을 강구해야 하나 벌써부터 걱정이 태산이었는데, 주군께서 이런 탁월한 복안을 가지고 계셨네요."

그리고 물었다.

"그럼 풍신무궁의 수련은 언제부터 시작할 생각이십니까?"

질문을 하고 나서야 그는 무언가 부족하다는 생각이 들었는지 짧게 부연했다.

"아시다시피 수련생들 대부분이 정해진 시간에 처리해야 할 임무를 가진 까닭에 사전에 시간을 조율해야 합니다."

설무백은 사전에 생각해 둔 바대로 말했다.

"직접 가르치는 게 아니라 도움을 주는 형식이니, 길어도 하루에 한 시진이면 충분할 거야. 하루 한 시진이면 나야 오늘 당장이라도 시작할 수 있지."

"아, 예……!"

제갈명이야 아무래도 자신과는 직접적인 관계가 없어서 그런지 감탄한다는 말과 상관없이 사무적인 태도를 유지하며 대답했으나, 장내에 모인 풍잔의 요인들은 지금 당장이라도 시작하고 싶다는 기색으로 두 눈을 초롱초롱하게 빛내고 있었다.

  그러나 아무래도 그렇게는 안 될 모양이었다.

  제갈명이 장내의 반응을 인식하고 멋쩍어하는 참이었는데, 순찰을 도느라 함께 자리하지 못했던 철마립이 조용히 취의청의 문을 열고 들어와서 설무백에게 보고했다.

  "천이탁이 찾아왔습니다."

풍신무궁風神武宮 (2)

설무백이 제갈명 등 몇몇 풍잔의 요인들과 함께 이번에 새롭게 증축한 객청 중 하나인 풍빈각(風賓閣)의 대청으로 들어섰을 때, 천이탁은 혼자가 아니었다.

파면개 막동이 이미 와서 천이탁과 대화를 나누고 있었고, 그들의 곁에는 호리호리한 체구의 백의소녀가 웅크리고 앉아 있었다.

그러나 풍빈각의 대청으로 들어선 거의 모든 사람들은 다른 누구보다도 천이탁에게 주목했다.

천이탁의 몰골이 말도 아니게 엉망이었기 때문이다.

개방의 걸개임에도 명문가의 자제처럼 단정한 복색이던 예전의 모습은 온데간데없이 사라지고, 지저분하게 산발한 머리에 넝마처럼 찢어진 의복과 얼마나 씻지 않았는지 온몸으로 악취를 풍기고 있는 게 지금의 천이탁이었다.

천이탁이 그런 사람들의 반응과 무관하게 대청으로 들어서는 설무백을 훑어보며 무언가 혼자서 납득했다.

"과연, 평범해 보여서 더욱더 각별해진 느낌이 드네요."

막동이 그런 천이탁의 어깨를 툭 치며 눈치를 주었다.

천이탁이 이 정도 말도 못하냐는 듯 어깨를 으쓱이는 것으로 받아치며 설무백을 향해 히죽 웃었다.

그다음엔 무언가 다른 말을 해야 할 텐데, 그는 그럴 수가 없었다.

설무백이 그를 보고 있지 않았다.

설무백의 시선은 한쪽에 쭈그리고 앉은 호리호리한 체구의 백의소녀에게 고정되어 있었다.

그럴 수밖에 없었다.

설무백은 오늘 처음 만난 백의소녀가 누구인지 익히 잘 알고 있었다.

아니, 따지고 보면 세상에서 그보다 더 그녀에 대해서 잘 아는 사람도 없을 터였다.

우선 그녀는 그녀가 아니라 그였다.

빼어난 미색으로 인해 누가 봐도 여자로 볼 테지만, 사실 그는 여자가 아니라 남자였다.

사실 정확히 말하면 여자도 아니고 남자도 아닌 별종인데,

적어도 남자의 몸을 가지고 있었다.

그리고 이름은 백가인, 나이는 어려 보이는 외모와 달리 약관이 머지않은 열여덟이었다.

또한.

'시기적으로 봐서 아직 그 자신도 모르고 있을 테지만……!'

과거 음양쌍벽(陰陽雙壁)이라 불리던 사도의 두 고수가 전인으로 선택한 천재이며, 작금의 역사가 그가 기억하는 그대로 흘러간다면 지금으로부터 팔 년 후, 음양산인(陰陽散人)이라는 별호를 가지고 그와 대결해서 패함으로써 결국 그의 수족이 되는 인물이었다.

'백영!'

그렇다.

지금 그의 눈앞에 나타난 백가인은 혈영 등과 함께 전생의 그에게 고굉지신을 자처하던 신비삼영(神祕三影) 중 한 명인 백영이었다.

'다행히도 너 역시 어차피 나와 만날 운명이었나 보구나!'

설무백은 코끝이 시큰해질 정도의 감회에 사로잡히며 본의 아니게 드러난 서글서글한 눈초리로 백영을 살펴보았다.

여전히 사내답지 않게 곱고 수려한 용모에 비수를 품은 것처럼 예리한 눈초리, 그가 기억하는 백영의 모습이라 매우 흡족한 기분이 들었다.

그때 그의 태도를 수상쩍게 바라보던 천이탁이 뒤늦게 알았다는 듯 넘겨짚으며 말했다.

"설마 미색에 홀린 건 아닐 테지만, 혹시나 해서 미리 말해 두자면 그 친구 계집애가 아니라 사내야."

"알고 있어."

"……놈들의 소굴에 잠입했다가 우연찮게 만났는데, 보기와 달리 정말 담대한 녀석이라 마음에 들어서 데려왔지. 우리 북개방의 제자로 받아들이려고. 내가 장담하는데, 다른 누구보다도 빠르게 백의개(白衣丐 : 결개를 받지 못한 거지)를 벗어날 녀석이야."

"아니, 이 녀석은 개방하고 어울리지 않아."

"……?"

천이탁이 오만상을 찡그리며 삐딱하게 설무백을 바라보았다.

"그게 무슨 말이야?"

설무백은 여전히 시선을 백가인에게 고정한 채로 대수롭지 않게 대꾸했다.

"말 그대로 쟤는 너희 개방과 어울리지 않는 애라고."

"어째서?"

"우리와, 아니, 나와 어울리는 애라서."

"하!"

천이탁이 어처구니가 없다는 탄성을 발하며 쏘아붙였다.

"지금 나랑 장난쳐?"

설무백은 그제야 묘하다는 눈초리로 바라보는 백가인을 외면하고 천이탁의 시선을 마주하며 되물었다.

"지금 내가 장난치는 것 같아?"

"……!"

천이탁이 감히 대꾸하지 못했다.

무심한 듯 냉정해 보이는 설무백의 눈빛이 단번에 천이탁을 압박했기 때문이다.

설무백은 그런 천이탁을 외면하고 자리에 앉으며 지나가는 말처럼 중얼거렸다.

"게다가 재랑 며칠 같이 생활해 봤으니, 이제 너도 충분히 알 거 아냐? 쉽게 감당할 수 없는 애라는 거?"

"이제…… 너도?"

천이탁이 한 방 맞은 표정으로 설무백을 쳐다봤다.

"뭐야, 그럼? 설마 너는 이미 저 애가 가진 병에 대해 알고 있었다는 거야?"

설무백은 냉정한 눈길로 천이탁을 직시하며 나직이 말했다.

"병이 아니야. 그저 그렇게 태어났을 뿐이지."

천이탁이 흠칫하며 마른침을 삼켰다.

설무백의 시선을 피하지 않는 것은 자존심의 발로일 뿐, 그는 이미 과중한 위압감에 주눅이 들어 있었다.

설무백이 화를 내지 않았으나, 천이탁은 절로 드러난 그의 위엄에 완전히 압도되어 버렸다.

설무백은 은연중에 그걸 느끼며 분위기를 쇄신하기 위해서 말문을 돌렸다.

"아무려나, 당사자가 가장 중요하지."

그는 슬쩍 백가인에게 시선을 주며 재우쳐 물었다.

"대충 분위기 파악은 했을 테니, 이제 네가 결정해라. 어떻게 할래? 저 녀석이냐, 나냐?"

백가인이 잠시 설무백과 천이탁을 번갈아 보다가 웃으며 대답했다.

"거지보다는 점소이가 낫겠다 싶네요."

천이탁이 발끈했다.

"보통 거지가 되는 것이 아니라는 거 잘 알잖아!"

백가인이 거대한 객청의 내부와 설무백의 주변에 늘어선 풍잔의 요인들을 느긋하게 둘러보며 대답했다.

"여기도 보통 점소이가 되는 건 아닐 것 같은 걸요."

천이탁이 새삼 악을 쓰려는데, 설무백이 슬쩍 손을 들어서 말문을 막으며 충고했다.

"내 생각은 변하지 않아. 네 생각도 그렇다면 내가 다른 수단을 강구해야 하는데, 아무래도 그건 너에게 매우 좋지 않을 거다. 나는 지금 여차하면 너희 북개방과의 인연을 끊을 수도 있으니까. 이래도 마음을 접지 않을래?"

천이탁이 정말로 어처구니가 없다는 표정으로 설무백을 바라보며 말했다.

"고작 어디서 굴러먹었는지 모를 아이 하나 때문에 우리 북개방과 척을 질 수도 있다는 거냐, 지금?"

"응. 그래. 분명히 그렇게 말했다."

"어째서?"

"너에게는 고작 어디서 굴러먹었는지 모를 아이에 불과한 쟤가 내게는 끊으려야 끊을 수 없는 소중한 인연이니까."

천이탁이 두 눈을 크게 뜨고 설무백의 시선을 마주하다가 이내 도무지 모르겠다는 듯 고개를 절레절레 흔들며 두 손을 들었다.

"그래, 좋아! 알았어! 내가 졌다! 부디 남의 떡 가지고 잘 먹고 잘 살아라!"

설무백은 좋게 들리지 않는 천이탁의 악담에도 불구하고 아무렇지도 않게 화제를 바꾸었다.

"그건 걱정하지 말고, 이제 그만 어서 본론이나 꺼내라. 대체 상황이 어쨌기에 그런 몰골로 돌아온 거야?"

천이탁은 태연한 설무백의 태도가 눈에 거슬렸는지 오만상을 찡그렸으나, 이내 체념한 듯 한숨을 내쉬며 그동안 자신이 겪은 일들을 털어놓기 시작했다.

그랬다.

지난 수개월간 천이탁의 행적이 묘연했던 것은 모종의 임무를 처리하기 위함이었다.

그리고 그 모종의 임무를 지시한 사람은 바로 설무백이었다.

"우선 미리 밝혀 두는데, 마교나 혈교가 아니라 천사교라는 이단의 사교였어!"

"천사교라니, 한 번도 들어 본 적이 없는 이름이군. 과연 그게 진짜인 걸까?"

그것이 장장 두 시진에 걸친 천이탁의 세세한 설명을 다 들은 설무백의 소감이었다.

천이탁이 고개를 갸웃했다.

"그 이름이 가짜일 수도 있다는 거야?"

"가능성이야 충분하지. 그 어느 것도 아니라고 부정할 수 없을 정도로 말이야. 다만 네 얘기를 듣자니, 떠오르는 것이 하나 있군."

설무백은 인정도, 부정도 하지 않은 채 그저 가능성만을 언급하며 불쑥 다른 얘기를 꺼냈다.

"오랜 과거에 네 얘기와 비슷한 이단의 종교가 하나 있었어. 산 사람을 죽여서 그 죽은 사람에게 또 다른 산 사람을 제물로 바치는 악랄한 사교대법을 통해 불사체(不死體)만들려는 역천의 사교였지."

장내의 모두가 선뜻 무슨 말인지 이해하지 못하는 와중에 과연 강호사에 밝은 제갈명이 가장 먼저 알아듣고 반응했다.

"생사교(生死敎) 말입니까?"

설무백은 슬쩍 제갈명을 일별하며 고개를 끄덕였다.

"그래, 생사교. 진정한 생을 얻으려면 목숨을 바쳐라. 소위 살신득생(殺身得生)이 사람들을 미혹한 그들의 교리였고, 실제로 수많은 사람들이 자진해서 목숨을 바쳤지. 그게 고작 강시대법의 하나라는 사실도 모르고 말이야."

"아……!"

설무백의 설명이 끝나기 무섭게 제갈명의 곁에 앉은 무일의 입에서 나직한 탄성이 흘렀다.

장내의 시선이 일시지간 무일에게 쏠렸다.

가뜩이나 숫기가 없어서 습관처럼 연신 주변의 눈치를 보는 무일이 불그죽죽해서 음침하게 보이는 특유의 눈빛보다 더 붉게 얼굴이 달아올라서 고개를 숙였다.

"죄, 죄송합니다. 저, 저는 그저……!"

"괜찮아."

설무백은 바로 부드럽게 무일을 타일렀다.

"무언가 아는 바가 있거나, 다른 생각을 가진 것이 있다면 기탄없이 토로해라. 너를 포함한 이 자리의 모든 사람은 그럴 자격을 가지고 모인 거다."

무일이 용기를 낸 표정으로 말을 더듬었다.

"시, 십인혈목(十人血木), 백인혈철(百人血鐵), 마, 만인혈금(萬人血金), 금십혈천(金十血天)이라는 마, 말이 있어요. 하, 할아버지에게 들은 얘기인데, 과거 새, 생사교의 강시대법을 나, 나누는 경지예요. 저, 저 사람이……."

그는 앞서 천사교에 잠입해서 본 것을 낱낱이 설명한 천이
탁을 가리키며 설명을 이어 나갔다.

"……본 것이 사실이라면, 그, 그건 아마도 그들이 그, 그중
하나의 대법을 실행하는 과, 과정이었을 거예요. 인즉심(人卽
心)이라고, 그, 그러니까 사, 사람의 숫자가 바로 피, 필요로
하는 시, 심장의 숫자라는 것이 사부님의 마, 말씀이셨어요."

설무백은 예리하게 알아들으며 물었다.

"결국 천사교의 수법이 생사교의 강시대법과 같고, 그 강
시대법은 사람의 심장을 몇 개나 희생시키느냐에 따라서 보
다 더 강한 강시가 탄생한다는 거냐?"

무일이 바로 그거라는 듯 정신없이 고개를 끄덕이며 말했
다.

"예, 마, 맞아요. 어, 어떤 사람의 시, 심장이 제물이냐에
따, 따라 벼, 변화가 있기는 하지만, 그들의 강시대법은 열 개
의 심장이면 목강시(木殭屍)를, 백 개의 심장이면 철강시(鐵殭屍)
를, 천 개의 심장이면 금강시(金殭屍)를, 그리고 마, 마지막으로
와, 완전무결하게 완성한 여, 열 개의 금강시를 제, 제물로 대
법을 시행하면 천강시(天殭屍)를 타, 탄생시킬 수 있다고 해, 했
어요."

"여자!"

천이탁이 불쑥 끼어들며 말했다.

"전부 다 어린 여자아이들이 제물이었어! 그럼 그들이 원하는 게 뭐라는 거지?"

무일의 안색이 홍시처럼 붉게 변했다.

"그, 그건 희생되는 이, 인원에 따라 어떤 강시인지가 다, 달라질 테지만, 기본적으로 여, 염시(艶屍)를 만드는 과, 과정과 병합된 것이 아닌가 합니다."

보통의 강시가 비상한 약물로 처리한 죽은 사람을 요사스러운 술법을 통해서 움직이게 만든 것이라면, 염시는 그러 강시에 다시금 모종의 주술을 사용해서 사람의 마음을 미혹하게 하는 괴물이다.

따라서 염시는 강시 특유의 어눌함이 없고, 미남자나 미녀의 모습이라 색마나 요물로 인식되는데, 무일이 안색을 붉히며 부끄러워하는 이유가 그 때문인 것이다.

제갈명이 그런 무일의 태도와 상관없이 오만상을 찡그리며 말했다.

"이거야 원, 그야말로 아는 사람만 알 수 있는 얘기라 나 같은 사람은 당최 그것들이 어느 정도의 괴물이라는 건지 전혀 감을 잡을 수가 없네. 장황해도 좋고 지루해도 좋으니 좀 더 쉽게 설명해 줄 수는 없을까?"

말이야 자신이 그렇다고 하지만, 사실은 주변 사람들을 위한 제갈명의 배려였다.

주변 사람들 대부분이 무일의 설명을 제대로 이해하지 못한 표정이었던 것이다.

"아, 예……!"

움찔하는 것으로 특유의 소심한 성격을 드러낸 무일이 이내 조심스럽게 설명에 나섰다.

"……사실 이런 쪽으로는 모, 모산파를 예로 드는 것이 조, 좋으나, 그들은 워낙 엄격한 계율아래 토, 통제되고 있어서 밖으로 드러난 수법이 그, 그다지 많지 않으니, 다, 다른 곳을 예로 들지요."

자신의 전문 분야라서 자신감이 생겼나보다.

무일은 말더듬이답지 않게 제법 유창한 화술을 구사하며 주변 사람들이 이해하기 쉬운 예를 들어주었다.

무일이 들어준 예는 이랬다.

과거 백여 년 전, 산서(山西)에는 명문으로 군림하던 강시당(殭屍堂)이라는 문파가 있었다.

강시당이라는 이름이 말해 주듯 염습(殮襲)과 장의(葬儀)를 대행하며 시체를 전문적으로 처리하는 문파이던 그들은 당시 강호 무림에서 강소성(江蘇省)의 명문인 모산파와 어깨를 견주는 구시술을 가졌고, 강시 제조술에도 탁월한 능력을 자랑했다.

그러나 강시당은 얼마 지나지 않아서 멸문지화를 당했으며 지금은 이름만 남았다.

이유는 자멸이었다.

탁월한 강시 제조술을 가진 그들은 각고의 노력 끝에 단순히 시체의 부패를 막고 동물 정도의 지능과 육체를 단단히 만드는 경지를 넘어서서 사람의 말을 제대로 알아듣고 신체의 능력을 월등히 강화하는 강시를 만들어 내는 데 성공했으나, 안타깝게도 그 강시를 제어하는 데 실패하고 끝내 폭주하는 강시를 막지 못했기 때문이다.

놀라운 것은 당시 강시당이 자신들만의 비법으로 완성한 그 강시의 숫자가 불과 여덟 구였다는 사실이다.

강호 무림의 명문으로 산서를 호령하던 가문의 오백 식솔이 고작 여덟 구의 강시를, 그것도 자신들이 만든 강시를 막지 못해서 멸문지화를 당했던 것이다.

"……핏줄이 선명하게 드, 드러나서 피부가 오, 온통 붉은 까닭에 세인들은 그 강시들을 혀, 혈강시(血殭屍)라고 불렀다는데, 조, 조부님의 마, 말씀에 따라 굳이 비교하자면 그 혈강시는 새, 생사교의 철강시와 금강시의 주, 중간 정도의 위치에 있지 않나 하는 것이 저, 저의 생각입니다."

"음!"

누군가의 입에서 침음이 흘러나오며 장내가 찬물을 끼얹은 것처럼 조용해졌다.

다들 무일의 설명에 놀란 것이다.

그럴 수밖에 없는 것이, 지금 장내에 있는 사람들 대부분은 과거 산서의 명문으로 군림하다가 졸지에 멸문지화를 당한 강시당의 사연을 잘 알고 있었다.

그뿐 아니라 당시 강시당을 초토화시키고 사방으로 뿔뿔이 흩어진 여덟 구의 혈강시를 잡기위해 태산북두 소림과 무당을 비롯한 구대 문파들의 제자들이 대거 동원되어서야 겨우 모든 혈강시들을 처리할 수 있었다는 사실도 익히 기억하고 있었다.

그런데 그처럼 막강한 혈강시가 고작 생사교가 만들었다는 혹은 만들 수 있다는 철강시와 금강시의 중간에 불과하다는 것이다.

사실이 그렇다면 생사교의 금강시는, 아니, 더 나아가서 천강시는 대체 어느 정도의 괴물이라는 것일까?

모두가 침묵하는 와중에 설무백이 불쑥 천이탁에게 시선을 던지며 물었다.

"너희 총단에 알렸나?"

천이탁이 멋쩍은 표정을 지으며 대답했다.

"미안하지만 알렸다. 아무리 네게 개인적으로 받은 부탁이라고는 하지만, 이건 도저히 그냥 넘어갈 수가 없었어. 나는 아무리 봐도 이놈들이 혈교와 연관되어 있다고 생각했거든."

설무백은 충분히 이해할 수 있다는 표정으로 고개를 끄덕였다.

하지만 이내 그의 입이 열리며 흘러나온 말은 태도와 상반되는 것이었다.

"팔은 안으로 굽는 법이니 어쩔 수 없지. 다만 이해는 해도 용납할 수는 없는 일이야. 나와의 약속을 어긴 것은 엄연한 사실이니 그에 대한 책임은 져야겠다."

천이탁의 안색이 변했다.

"어떤 식으로?"

설무백은 대수롭지 않게 말했다.

"여기서, 그러니까 우리 풍잔에서 철수해 줘야겠다."

천이탁이 한 방 맞은 표정으로 설무백을 보았다.

"아닌 밤중에 홍두깨라더니, 고작 그런 일 하나로 나와, 아니, 우리 북개방과 손을 끊겠다고? 진심이야?"

설무백은 어디까지나 무심하게 대꾸했다.

"고작 이런 일 하나? 적우심주(積羽沈舟)라는 말도 모르나?"

적우심주란 깃털도 많이 실으면 배가 침몰하게 된다는 말로, 하찮게 여기는 작은 잘못이 쌓여서 큰 잘못을 만든다는 뜻이다.

"이거 정말 놀랍네."

천이탁이 아무리 그래도 이거 정말 너무한 것이 아니냐는 듯 실소를 흘렸다.

설무백은 그런 천이탁과 그만큼이나 놀라서 황당해하는 기색인 파면개 막동을 번갈아보며 다시 말했다.

"심각하게 생각하지는 말길 바라. 잘못을 알고 그냥 넘기면 화근이 될 수 있으니, 나름 조심하는 것뿐이야."

천이탁이 예리하게 물었다.

"어떤 화근?"

설무백은 짐짓 면박을 주었다.

"내가 약속 하나 지키지 못하는 놈에게 그런 사소한 것까지 일일이 다 설명해 줄 정도로 친절해 보이냐?"

천이탁이 천만에 말씀이라는 듯 어깨를 으쓱이며 나름 영민하게 중얼거렸다.

"좋아, 끝까지 중립을 지키고 싶은 마음이라고 이해하고 넘어가도록 하지."

북련과 남맹 사이에서의 중립을 말하는 것이다.

그는 재우쳐 물었다.

"근데, 지금 당장 방 빼야 하나?"

"이런 일은 서두르는 것이 좋지."

"냉정하네."

"정확한 거야."

천이탁이 어쩔 수 없다는 듯 자리를 털고 일어나며 망설이는 기색인 막동에게 눈치를 주었다.

막동이 마지못한 기색으로 일어났다.

천이탁이 그제야 밖으로 나서며 설무백을 향해 물었다.

"그렇다고 아주 오지 말라는 소리는 아니지?"

설무백은 어깨를 으쓱였다.

"그것까지 막을 수야 있나."

천이탁이 알겠다는 듯 고맙다는 듯 가만히 손을 흔들며 밖으로 사라졌다.

막동이 무척이나 할 말이 많은 표정이면서도 끝내 침묵하며 천이탁의 뒤를 따라갔다.

장내가 갑자기 조용해졌다.

천이탁과 막동만이 아니라 장내의 모두가 설무백의 갑작스러운 결정에 놀라고 당황한 것 같은 분위기였다.

설무백은 그런 장내의 분위기에 상관없이 밖으로 사라지는 그들의 뒷모습을 무심하게 바라보며 말했다.

"제법 짐이 많을 텐데, 도와줘야겠지?"

"제가……!"

제갈명이 다급히 일어났다.

천타가 그런 제갈명의 소매를 잡아채며 먼저 나섰다.

"혹시 모르니, 제가 나가 보도록 하지요."

제갈명이 어리둥절해했다.

설무백은 그런 제갈명을 외면하며 천타에게 고개를 끄덕여 주었다.

"그게 좋겠다."

"그럼……!"

천타가 깊이 고개 숙여 인사하고는 재빨리 밖으로 나갔다.

제갈명이 이제야 무언가 이상하다는 낌새를 차린 듯 삐딱해진 고개를 갸웃거렸다.

설무백이 그 순간에 불쑥 혈영을 호명했다.

"혈영!"

창가 어름에서 일어난 섬광을 동반한 한줄기 바람이 대청의 천장을 길게 가로지른 대들보 중앙의 안쪽에 자리한 그늘을 덮쳤다.

암중의 혈영이 칼을 뽑아 들며 나선 것이다.

순간.

취리리릭-!

대들보 안쪽의 그늘 일부가 떨어져 나가며 주룩 대들보 끝으로 미끄러져 갔다.

거기 대들보의 안쪽 그늘에 은신해 있던 누군가가 혈영의 공격에 기겁하며 물러난 것이다.

모습을 드러낸 혈영이 그 암중인을 따라가려다 멈추었다.

암중에서 일어난 또 하나의 바람이, 바로 사도가 어느새 거기 대들보의 끝에 올라서서 암중인을 맞이하고 있었다.

"익!"

이제 소위 야행복이라 불리는 흑의 경장 차림에 두건으로 얼굴의 하관을 가린 사내의 모습을 드러낸 암중인이 다급히 대들보에서 뛰어내렸다.

그리고 바닥에 발이 닿는 순간에 다시 도약하다가 그대로 멈추며 굳어졌다.

굳어질 수밖에 없었다.

지상을 박차고 튀어 오르려는 그의 목에 반월형 도끼의 서슬이 달라붙었기 때문이다.

　공야무륵이었다.

　흑의 경장 차림의 사내가 다급히 얼굴의 하관을 가린 두건을 벗어 버리며 소리쳤다.

　"잠깐! 자객이 아이야! 자객이 아니라고! 손님이다, 손님! 나는 설무백, 설 공자를·만나러 온 손님이라고!"

群雄割據 (1)

"이름?"

"어? 정말 날 모르나 보네? 나는······!"

"묻는 말에만 똑바로 대답해라. 한 번만 더 딴소리를 지껄이면 가차 없이 목을 베겠다."

"······!"

"이름?"

"소붕(小鵬)이다."

"혀가 짧아서 말이 짧은 거냐? 침입자 주제에 건방지게 감히 어디서 반말지거리야! 혀를 길게 뽑아 주리?"

"······소붕입니다."

"나이?"

"스물둘입니다."

"소속?"

"남개방입니다."

"직급?"

"구결(九結)의 용두방주(龍頭幇主)이신 대선풍(大旋風) 황칠개 어른을 사사한⋯⋯!"

"그게 직급이랑 무슨 상관이지?"

"⋯⋯후개 소선풍입니다."

"좋아. 남개방의 후개인 소선풍 소붕, 우리 풍잔에 잠입한 이유가 뭐냐?"

"그게 나는 잠입한 것이 아니라⋯⋯ 억!"

죄인처럼 무릎을 꿇고 고분고분 대답하던 소선풍 소붕이 순간적으로 짜부라졌다.

한 손에 도끼를 든 흉악한 모습으로 질문하던 공야무륵이 더는 참지 않고 그의 목을 발로 밟았던 것이다.

공야무륵이 그 상태로 설무백을 향해 물었다.

"예의도 없고, 말귀도 어두운 놈이 마냥 잔머리만 굴리는 것 같은데, 그냥 죽일까요?"

설무백이 뭐라고 대꾸하기 전에 공야무륵의 발에 뒷목을 짓밟힌 소붕이 발끈해서 소리쳤다.

"아나, 니미⋯⋯! 그래 차라리 그냥 죽여라, 죽여! 접속사도 없이 무슨 놈의 말을 하라는 거냐! 그게 인간의 대화냐! 너는 그럴 수 있어?"

공야무륵이 한손의 도끼를 쳐든 채 살기에 충만한 눈빛으로 소붕을 내려다보며 짧게 대답했다.

"응."

"아, 그렇구나."

소붕이 대번에 꼬리를 말며 보란 듯이 순종적인 눈빛으로 공야무륵을 쳐다봤다.

"이제 나도 그럴게…… 가 아니라, 그럴게요. 믿어 주세요."

공야무륵이 뭐 이런 놈이 다 있나 하는 표정으로 소붕을 내려다보았다.

제갈명이 그 모습을 보며 설무백에게 바싹 붙어서 귀엣말을 했다.

"저와 비슷한 부류네요. 상황에 따라 자존심 따위는 얼마든지 버릴 수 있는 작자에요. 아주 총명하고, 매우 무서운 부류죠."

설무백은 그게 어떻게 총명하고 무서운 이유가 되는지는 잘 모르겠으나, 적어도 소붕의 유별남에는 관심이 갔다.

그는 눈짓으로 공야무륵을 물러나게 했다.

공야무륵이 물러나자, 소붕이 조심스럽게 일어나서 새삼 무릎을 꿇으며 설무백의 눈치를 보았다.

설무백은 무심하게 소붕의 시선을 마주하며 말했다.

"마지막으로 한 번 더 기회를 주지. 대신 솔직하게 대답해

라. 대답에 따라서 그냥 죽일지 아니면 곱게 돌려보낼지 결정
될 테니까."

그리고 그는 짧고 예리하게 물었다.

"이유가 나야, 풍잔이야?"

소붕이 얘기치 못한 질문에 당황한 기색이다가 이내 작심
한 듯 눈을 빛내며 대답했다.

"나는 설 공자를 찾아온 것도, 여기 풍잔을 찾아온 것도 아
닙니다. 나는 설 공자가 누군지도 모르고, 여기가 풍잔인 것
도 와서야 알았습니다. 다만 설 공자가 흑포사신이라면……!"

그는 보란 듯이 고개를 쳐들며 말을 덧붙였다.

"예, 맞습니다. 나는 설 공자를 찾아온 겁니다. 아니, 정확
히는 확인하러 왔지요. 누군가 제게 그런 부탁을 했거든요.
흑포사신을 찾아 달라고 말입니다. 하하하……!"

대답을 끝내고 자못 호탕하게 웃는 소붕과 달리 장내의 그
누구도 웃지 않았다.

오히려 장내의 분위기는 싸하게 변했다.

누군가는 오만상을 찡그린 채 굳어졌고, 누군가는 몸서리
를 치며 여기저기 몸을 긁적였다.

소붕의 태도가 마치 경극(京劇)의 배우가 어설프게 대본을
읽는 것처럼 완전한 가식처럼 보여서 닭살이 돋아난 것이다.

와중에 닭살이 돋아서 몸을 긁적인 부류 중 하나인 제갈명
이 새삼 설무백의 귓가에 속삭였다.

"아까 제가 한 말 취소입니다. 저 자식 저거, 저와 같은 부류가 아니라 그냥 단순히 조금 모자란 후안무치(厚顔無恥)네요."

설무백은 곱지 않은 눈초리로 제갈명을 쳐다봤다.

그러나 그보다 먼저 행동에 나서는 사람이 있었다.

"이제 넌 좀 조용히 있자. 응?"

예충이었다.

옆에서 지켜보던 그가 한손으로 제갈명의 뒷덜미를 움켜잡아서 뒤로 당겨서 의자에 주저앉혔다.

제갈명이 끽소리도 못하고 주저앉았다.

소붕이 그제야 웃음을 그치고 어색한 표정으로 장내의 눈치를 보았다.

설무백은 어디까지나 무심한 눈초리로 그런 그를 바라보며 물었다.

"네게 그런 부탁을 한 사람이 누구야?"

소붕이 눈을 빛내며 반문했다.

"그 말인 즉, 설 공자가 흑포사신이라는 것을 인정한다는 거겠죠?"

설무백은 대답 대신 슬쩍 공야무륵에게 시선을 주며 무심하게 말했다.

"얘가 한 번만 더 내 질문을 회피하거나 엉뚱한 대답으로 나를 떠보는 것 같으면 물어보지도 말고 그냥 목을 쳐 버려."

"옙!"

공야무륵이 다부지게 대답하고는 수중의 도끼를 어깨에 걸치며 소붕의 곁으로 다가섰다.

살기가 비등했다.

소붕이 긴장한 듯 마른침을 삼키며 서둘러 말했다.

"흑선궁의 감찰 사령인 비접 부약운입니다. 그녀의 부탁으로 흑포사신을 추종하다가 예까지 오게 되었습니다."

설무백은 내심 고소를 금치 못했다.

그는 강남에 갔을 때 의도치 않게 그녀를 만났다.

그리고 집요하게 따라붙는 그녀의 추적을 따돌린 적이 있었다.

어째 소문과 달리 조용히 포기하고 물러난다 싶었는데, 이제 보니 포기한 것이 아니라 다른 술책을 강구했던 것이다.

그는 물었다.

"그래서 어디까지 보고했지?"

소붕의 눈동자가 빠르게 굴렀다.

앞선 제갈명의 평가와 무관하게 그는 남개방의 후기지수들 중의 선두로 꼽힌 인재이며, 차기 남개방을 이끌 방주로 거론될 정도로 명석한 두뇌의 소유자답게 거두절미하고 확인하는 설무백의 태도에서 많은 것을 유추해 내고 있었다.

설무백은 그런 소붕의 모습을 보며 피곤하다는 듯 손으로 관자놀이를 문질렀다.

"사람 참 피곤하게 하는 애네."

그는 슬쩍 공야무륵을 보며 새로운 명령을 추가했다.

"하나 더, 얘가 지금처럼 잔머리를 굴리는 것 같아도 그냥 목을 베어 버려."

"옙!"

공야무륵이 짧고 굵게 대답하며 어깨에 걸쳐 둔 도끼를 들어 올렸다.

소붕이 기겁하며 다급히 말했다.

"아직 아무것도 전달하지 않았습니다. 그녀는 설 공자가 흑포사신이라는 것도, 여기 풍잔의 주인이라는 것도 전혀 모르고 있습니다."

설무백은 지나가는 말처럼 물었다.

"그거 계속 몰라야 하는데, 그럴 수 있지? 귀찮은 일이 생기는 건 딱 질색이라서 말이야."

"여부가 있겠습니까."

소붕이 당연하다는 듯이 잘라 말했다.

"그녀는 절대 모를 겁니다. 적어도 저를 통해서는 알 수 없다는 것을 보장합니다."

설무백은 특유의 미온한 미소를 흘리며 고개를 끄덕였다.

"좋아, 일단 한 목숨은 건졌고, 그럼 이제 두 번째 본론으로 들어가서……."

그는 사뭇 미소를 지으며 넌지시 물었다.

"천사교와 생사교를 언급하던 우리 얘기 다 잘 들었지?"

"그, 그건……?"

"쫄지 마. 누가 들어도 상관없는 내용이라 그냥 내버려 둔 거니까."

"아……!"

소붕이 안심했다.

설무백은 재우쳐 말했다.

"그래서 말인데, 그쪽으로 아는 게 있나? 남개방이든 남맹이든 간에 말이야."

소붕이 고개를 절레절레 흔들며 대답했다.

"하늘에 맹세코 처음 듣는 얘기였습니다. 그런 천인공노할 패악이 벌어진다는, 그것도 강남에서 벌어지고 있다는 사실에 저 역시 무척이나 놀랐습니다."

설무백은 내심 수긍했다.

소붕의 존재를 처음부터 알고 있던 그는 아까 전, 암중에서 천사교에 관한 그들의 얘기를 듣던 소붕의 심장이 무척이나 요란하게 뛰었다는 사실을 익히 감지했었다.

그는 물끄러미 소붕을 바라보며 말했다.

"너 모든 것이 너무 쉬워. 쉽게 숙이고, 쉽게 인정하고, 쉽게 모든 걸 드러내. 그래도 믿어도 되는 거지?"

소붕이 묘하게 웃으며 대답했다.

"믿을지 모르겠지만, 이래 봬도 내가 해서는 안 될 말은 절대 하지 않는 성격입니다. 죽거나 말거나 해도 되는 말만 하고 살지요. 물론 아주 솔직하게요."

설무백은 그럴 듯하게 들린다는 듯이 가만히 고개를 끄덕였다.

그리고 한마디 툭 던졌다.

"그럼 그만 가 봐."

"……?"

소붕이 당황해서 눈을 끔뻑거렸다.

장내의 모두가 그처럼 어리둥절한 모습으로 설무백을 쳐다봤다.

설무백은 인상을 썼다.

"왜? 가기 싫어?"

"아, 아닙니다! 갑니다! 가!"

소붕이 발작하듯 일어나서 허겁지겁 밖으로 나갔다.

설무백은 그런 소붕을 향해 말했다.

"적의 없이 단순히 동정을 살피고 싶은 거라면 얼마든지 다시 찾아와도 좋아. 물론 그에 준하는 강남의 동향을 털어놔야겠지만."

"아, 뭐……."

문가에서 잠시 멈추고 돌아본 소붕이 선뜻 결정하기 어렵다는 생각을 흔들리는 눈동자로 드러내다가 이내 대답하며 밖으로 사라졌다.

"……상황이 허락한다면!."

예충의 눈총으로 말미암아 내내 죽치고 앉아 있던 제갈명이 그제야 일어나서 물었다.

"정말 저렇게 그냥 보내는 겁니까?"

설무백은 대수롭지 않게 대꾸했다.

"응, 저들도 아는 게 좋아."

제갈명이 선뜻 무슨 말인지 이해하지 못한 듯 오만상을 찡그렸다.

"예⋯⋯?"

설무백은 끌끌 혀를 차며 말해 주었다.

"나나 우리 말고, 천사교말이야."

"아⋯⋯!"

제갈명이 이제야 납득하다가 문득 다시 오만상을 찡그리며 고개를 갸웃거렸다.

"근데, 고작 그런 이유로 우리 풍잔의 실체를 드러내는 건 너무 께름칙하네요. 그 정도는 얼마든지 다른 방법으로도 전할 수 있지 않겠습니까."

설무백은 수긍했다.

"그렇지. 얼마든지 다른 방법으로도 전할 수 있지."

그리고 물었다.

"그런데 내가 왜 그렇게 하지 않고 이렇게 할까?"

제갈명이 얼떨결에 대답했다.

"그야 물론 무언가 다른 이유가 있으신 거겠죠."

"그래, 그거지."

설무백은 잘라 말했다.

"다른 이유가 있는 거지. 그래서 너는 그걸 알면서도 지금 내게 이유를 밝히라고 따지는 거냐?"

"아, 아니요. 그럴 리가요. 그건 아니죠."

"그게 아니면 이제 말해 주지 않아도 되는 거지?"

"아, 예, 물론이죠."

제갈명은 서둘러 그렇다고 대답을 하고 나서야 자신이 무언가 말렸다는 기분이 들었으나, 이미 떠나간 배였다.

설무백이 이미 다른 말을 꺼내고 있었다.

"게다가 이제 더는 나나 우리 풍잔의 본색을 숨기기 어려울 거야. 저 먼 강 건너 애들까지 찾아올 정도면 머지않아 개나 소나 다 찾아올 테니까."

제갈명이 인정하기 싫지만 인정할 수밖에 없다는 듯 우거지상으로 고개를 끄덕였다.

장내의 모두가 그처럼 인정하는 모습을 보이는 가운데, 예충이 말했다.

"낭중지추(囊中之錐)라는 말이 그래서 있는 거겠지요. 아무려나, 따로 그에 따른 지침을 준비하지 않아도 되겠습니까?"

"아니."

설무백은 태연히 고개를 저으며 좌중을 둘러보았다.

"그저 경우대로만 해. 거칠게 나오는 애들은 거칠게, 예의와 성의로 다가오는 애들은 또 예의와 성의를 다해서. 보통 강호의 문파들처럼 말이야."

제갈명이 묘하게 웃으며 말을 받았다.

"요즘 강호의 문파들이 보통 그렇지는 않지만, 주군께서 원하신다면 그렇다고 치고 그렇게 대하도록 하지요. 대신 그로 인해 주군께서 매우 귀찮아지실 텐데, 물론 그건 충분히 감안하신 거겠죠?"

"그야 어쩔 수 없지만⋯⋯."

설무백은 제갈명이 무슨 말을 하는 것인지 이해하며 수긍하다가 이내 고개를 갸웃했다.

"과연 이 시국에도 있을까?"

"강호 무림의 유명세를 너무 무시하시네요."

제갈명이 천만에 말씀이라는 듯 바로 대답하고는 이내 히죽 웃으며 부연했다.

"고지식한 자들의 집념은 언제나 때와 장소, 시국을 초월하는 법이지요."

설무백은 인정하긴 싫지만 인정할 수밖에 없는 사실이라 쓰게 입맛을 다셨다.

그때였다.

"뭐야? 어디야, 여기?"

시종일관 총명한 눈빛을 반짝이며 장내의 돌아가는 상황을 지켜보던 미모의 소년, 백가인이 갑자기 돌변해서 게슴

츠레한 눈빛으로 장내를 훑어보며 투덜거렸다.

"뭐 이리 어벙하고 꺼벙하게 생겨 먹은 애새끼들이 집단으로 서식하고 있는 거야?"

한순간 모두가 어리둥절한 눈초리로 백가인을 바라보았다.

너무나도 황당하고 어처구니가 없는 상황이라 누구 하나도 입을 열지 못한 채 그저 바라만 보고 있었다.

백가인이 그런 좌중을 빠르게 두리번거리며 짜증을 내고 언성을 높였다.

"아니, 그보다 소봉인지 소북인지 라는 거지새끼는 또 어디 간 거야? 야, 당장 안 나와!"

"이 녀석, 이거 왜 이래……?"

곁에 앉아 있던 풍사가 일어나서 연신 좌중을 두리번거리는 백가인의 어깨를 잡았다.

백가인이 반사적으로 어깨를 비틀어서 풍사의 손길을 피하며 노려보았다.

"이건 또 뭐야?"

풍사의 안색이 변했다.

대수롭지 않게 슬쩍 내민 손길이라고는 하나, 이처럼 가볍게 그 손길을 피할 사람은 그리 흔하지 않았다.

설무백은 그 광경에 절로 미소를 지으며 주의를 주듯 말했다.

"이 녀석은 이전 녀석과 달라서 그리 쉽지 않을 거야."

백가인이 반사적으로 설무백을 쳐다보는 가운데, 풍사를 비롯한 좌중 모두가 묘하다는 눈치로 고개를 갸웃거렸다.

그럴 수밖에 없는 것이, 설무백이 이미 백가인의 변화에 대해서 알고 있는 듯한 태도였기 때문이다.

그러는 와중에 백가인은 매우 불쾌하다는 듯이 설무백에게 따지고 들었다.

"뭐냐, 너는?"

풍사가 한걸음 내딛으며 손을 내밀어서 다시금 백가인의 어깨를 잡아갔다.

백가인이 교묘하게 상체를 비틀어서 재차 풍사의 손 속을 피했다.

풍사의 안색이 굳어졌다.

이번엔 확실히 내력을 운기하며 신중을 기해서 금나술(擒拿術)을 펼쳤는데, 그것을 빠져나간 것이다.

그사이.

"지금 애하고 놀 때냐?"

예충이 짧게 풍사를 구박하며 그림처럼 미끄러지는 것으로 백가인의 뒤에 붙어서 손을 내밀었다.

아무런 사전 동작도 없이 쾌속한 신법과 눈으로 볼 수 없을 정도로 빠른 손 속의 절묘한 조화였다.

그러나 백가인은 그마저 피했다.

설무백을 향해 다가서던 백가인의 신형이 살짝 숙여지는가 싶었는데, 그 순간에 그 자리에서 사라지며 서너 자 가량이나 떨어진 옆에서 모습을 드러냈다.

"실력을 숨기고 있었군!"

예충이 예상치 못한 상황인 듯 황당한 표정으로 그 자리에 서서 속절없이 허공을 움켜잡아 버린 자신의 손을 쳐다봤다.

지근거리에 앉아 있던 대력귀가 그사이에 튀어나가서 예충의 손길을 빠져나가는 백가인의 어깨를 잡아갔고, 그대로 성공했다.

"익!"

백가인이 다급히 상체를 비틀어서 어깨를 빼냄과 동시에 한 손을 길게 뻗어 냈다.

아마도 대력귀가 남장을 하고 있는 까닭에 사내라고 생각했는지 여지없이 그녀의 가슴을 노리는 공격이었다.

몰랐기에 주저 없이 펼친 백가인의 그 공격이 효과를 발휘했다.

그러나 잠시였다.

대력귀가 흠칫 놀라 몸을 뒤로 물렸으나, 두 다리는 그대로였다.

등이 바닥에 닿을 듯이 상체만을 뒤로 젖힌 것이었는데, 그 상태로 그녀는 발 하나가 들어서 다가서는 백가인의 아랫배를 걷어찼다.

철판교(鐵板橋)의 일수를 펼침과 동시에 일어난 원앙각(鴛鴦脚)의 일수였다.

퍽-!

둔탁한 소리가 울리고.

"크……!"

신음을 삼킨 백가인이 몸이 주룩 뒤로 밀려나 데구루루 바닥을 구르다가 한순간 메뚜기처럼 튀었는데, 그 방향이 절묘했다.

앞도 아니고 위도 아닌 뒤쪽, 대청의 벽에 붙은 창문을 향해서였다.

놀랍게도 백가인은 타격을 받고 튕겨지는 와중에 그 반탄력을 이용해서 도주를 감행할 생각까지 한 것이다.

그러나 그건 절대 이룰 수 없는 꿈에 불과했다.

지금 장내에 모인 사람들이 전력을 다한다면 설령 상대가 천하제일고수인 무왕이라도 쉽게 빠져나갈 수 없을 것이기 때문이다.

아니나 다를까.

"헉!"

창문을 부수고 나가려는 듯 어깨를 앞세우던 백가인이 기겁하며 움츠러들었다.

홀연히 나타난 검은 인영 하나가 그가 쇄도하는 창문 앞을 막아섰기 때문이다.

혈영이었다.

다만 백가인의 입장에선 그저 놀라고 당황할 뿐, 멈추고 싶어도 멈출 수 없는 상황이었다.

혈영이 빠르게 내민 손바닥으로 그런 백가인의 머리 중앙 정수리를 움켜잡았다.

백가인의 작은 머리가 함지박 같은 혈영의 손바닥에 쏙 들어갔다.

혈영이 그 상태에서 다른 손으로 백가인의 몸을 돌리며 엉덩이를 걷어찼다.

퍽—!

둔탁한 소리가 울리며 백가인의 몸이 튀어 오른 것과 같은 속도로 되돌아갔다.

사정없이 바닥으로 곤두박질치는 그의 몸을 어느새 그 자리로 이동한 공야무륵이 한 손을 내밀어서 받았다.

아니, 받았다기보다는 막았다고 보는 것이 정확했다.

공야무륵이 한 손을 내밀어서 곤두박질치는 백가인의 가슴을 받치는 것으로 멈추게 했기 때문이다.

다음 순간, 공야무륵은 자신의 발 하나를 바닥으로 내려서는 백가인의 두 발을, 정확히는 두 발의 정강이를 빠르게 걷어찼다.

타닥—!

경쾌한 소음과 함께 얼떨결에 바닥으로 내려선 백가인의

두 발이 뒤로 밀려나갔다.

중심을 잃으며 그대로 무릎을 꿇은 것인데, 이미 사전에 정해진 것처럼 그 자리는 설무백의 면전이었다.

"크윽!"

뒤늦게 백가인의 입에서 신음이 흘러나왔다.

이를 악물고 참다가 의미와 무관하게 토해진 신음으로 느껴졌다.

백가인이 그게 수치스럽고 분한지 곧바로 발딱 고개를 쳐들고 눈을 부라리며 악을 썼다.

"더러운 새끼들! 너희들 정말 비겁하게 떼거지로 이러기 있어!"

설무백은 철부지 아이의 막무가내 반항처럼 들리는 백가인의 말이 반가워서 절로 미소를 지었다.

이건 분명 그가 기억하는 백영이 가진 모습 중 하나였다.

그는 기꺼운 표정, 감회 어린 눈빛으로 고개를 쳐든 백가인의 시선을 마주하며 미소를 지었다.

"반갑다, 백가환(白嘉幻). 이제 보니 너는 가인이와 달리 음양쌍벽의 무공을 어느 정도 깨우치고 있었구나."

좌중의 모두가 어리둥절해했다.

갑자기 전대의 고수인 음양쌍벽의 이름이 왜 나오고, 백가인을 왜 백가환이라고 부르는 것일까?

그러나 다들 이상하다고 생각하면서도 선뜻 나서는 사람은 하나도 없었다.

이유가 있었다.

설무백의 말을 들은 백가인의 두 눈이 화등잔처럼 크게 떠졌기 때문이다.

필시 그들이 모르는 사연이 있다는 뜻인데, 과연 백가인의 입에서 쏟아져 나온 말들도 그런 느낌을 주었다.

"나는 이전 녀석과 다르다고 말한 것이 그냥 하는 말이 아니었군. 나를, 아니, 우리를 알고 있었어. 어떻게 우리를 알고 있는 거지? 대체 너는 누구야?"

설무백은 입가의 미소를 한결 더 짙게 드리우며 대답했다.

"나는 설무백이다. 이제부터 너희들이 평생 주인으로 삼아야 할 사람이지."

백가인이, 사실은 자연의 오묘한 신기로 인해 하나의 육체에 깃든 두 개의 자아 중 하나인 백가환이 짐승처럼 사납게 으르렁거렸다.

"개소리 집어치우고 어서 말해 봐! 대체 어떻게 우리를 알고 있는 거야?"

설무백은 슬쩍 손을 들어서 진정하라는 시늉을 했다.

"겁먹을 필요 없어. 나는 음양쌍벽과 아무 상관이 없는 사람이니까."

백가환이 음양쌍벽이라는 말을 듣기 무섭게 발작하듯 자리에서 일어났다.

설무백은 슬쩍 손을 내밀었다.

순간, 무형지기가 일어나서 백가환을 자리에 주저앉혔다.

"익!"

백가환이 반항했다.

음양쌍벽이라는 말이 그를 격발시켰다.

그는 설무백이 알고 있는 것 이상으로 음양쌍벽에 대한 두려움과 깊은 원한을 품고 있었고, 그것이 그를 그대로 있을 수 없게 만들었다.

천하의 그 누구도 모르는 그와, 아니, 그들과 음양쌍벽의 관계를 안다는 것은 설무백이 어떤 식으로든 음양쌍벽과 관계가 있다는 것이 그의 판단이었던 것이다.

그러나 설무백의 능력은 그가 감당할 수 있는 것이 아니었다.

"으윽!"

백가환은 전력을 다해서 일어나려고 시도했으나, 도저히 일어날 수가 없었다.

힘을 더하면 더할수록 그에 상응하는 막강한 기운이 그의 어깨를 누르고 전신을 억압했다.

그는 그래도 포기하지 않고 이를 악물며 사력을 다해서 일어나려고 애썼다.

오기라면 오기였고, 분노라면 분노였다.

이대로 일어난다고 해서 달라질 것은 아무것도 없다는 것을 익히 잘 알면서도 그는 포기하지 않았다.

빠직-!

한순간 바닥이 두부처럼 꺼지며 그의 두 다리가 발목까지 파묻혔다. 설무백이 무심한 얼굴로 바라보며 발산하는 무형지기의 힘은 그처럼 무지막지한 것이었다.

이윽고.

으드득-!

백가환이 모든 근육이 터질 듯 불어 나오는 가운데, 전신의 뼈마디가 당장에 부러질 것처럼 비명을 질렀다.

그리고 다음 순간.

퍽-!

폭발이 일어났다.

오직 백가환만이 느낄 수 있는 폭발이었다.

그의 코에서, 그리고 눈과 귀에서 피가 흘러내리고 있었다.

밖으로 드러난 혈관들 중에 약한 혈관들이 과중한 압력을 이기지 못하고 결국 터져 버린 것이다.

그와 동시에 백가환의 전신을 억압하며 짓누르던 압력이 거짓말처럼 사라졌다.

백가환은 힘없이 앞으로 쓰러져서 개처럼 엎드렸다.

그런 그의 귓가로 설무백의 심드렁한 목소리가 전설처럼 아득하게 들려왔다.

"참고로 말해 주자면, 너희들의 심령을 제압했던 음양쌍벽은 사라진 게 아니야. 이미 오래전에 죽었다. 음양비(陰陽妃) 소진(小盡)은 너희들의 심령에 자신의 신공이기를 주입한 직후에 죽었고, 음양사(陰陽士) 소곽(小椰)은 그때는 비록 목숨을 부지했으나, 끝내 내상을 회복하지 못해서 영약을 찾아 헤매다가 너희들 곁으로 돌아오지 못한 거다. 욕심의 대가를 받은 거지."

백가환은 나락으로 떨어지는 것처럼 아득해지는 정신 속에서 생각했다.

'저 사람은 도대체 저런 것들을 어떻게 아는 것일까?'

그리고 그의 정신이 끊어졌다.

혼절이었다.

설무백은 고집을 꺾지 않고 버티다가 끝내 혼절해서 앞으로 고꾸라지는 백가환의 모습을 바라보며 전에 없이 히죽 웃었다.

여전한 그 성격이 그를 흐뭇하게 했다.

이런 놈이라서 그는 혈영이나 흑영처럼 백영도 아끼며 좋아했었다.

"데려가서 치료해 주고, 깨어나면 다시 내게 데려와."

가장 말석에 앉아 있던 광풍구랑 맹효가 나서서 백가환을, 보다 정확히는 백가인과 백가환의 자아를 가진 백영의 육체를 어깨에 들쳐 메고서 밖으로 나갔다.

눈치를 보고 있던 제갈명이 그제야 나서며 말했다.

"다들 기다리고 있는데, 이제 그만 설명해 주시죠?"

설무백은 슬쩍 주변을 둘러보고는 멋쩍게 입맛을 다셨다.

제갈명의 말마따나 장내의 모두가 호기심이 가득한 눈빛으로 그를 바라보고 있었다.

그는 어떻게 말해 주는 것이 좋을까 잠시 고민하다가 이내 그냥 생각나는 그대로 말해 주었다.

"태생적으로 두 개의 자아를 가진 아이야. 그 때문에 전대의 사도고수인 음양쌍벽의 눈에 들어서 그들의 절대사공을 배우게 되었는데, 아직 완전히 깨우치진 못했지만, 조만간 성과를 보면 이십팔숙의 한 사람 정도는 우습게 상대할 수 있을 거야. 다들 알다시피 음양쌍벽으로 불리던 음양비와 음양사가 다 이십팔숙에 속한 고수들이었으니까."

장내의 모두가 묵묵히 고개를 끄덕였다.

이제 더는 설무백이 어떻게 그와 같은 사실을 아느냐는 의혹을 가지는 사람은 없었다.

속내는 어떨지 모르겠으나, 적어도 내색은 하지 않았다.

설무백은 이제 그들에게 그 정도 의혹은 얼마든지 무시해도 좋을 정도로 특별한 사람인 된 것이다.

설무백은 그런 좌중의 태도에 만족하며 자신이 알고 있는 백영에 대한 설명을 추가했다.

"똘똘하고 야무지지만 조금은 소심한 애가 백가인이고, 표독스러우리만치 사납고 맹랑한 구석을 가진 애가 백가환인데 다들 그냥 백영이라고 부르면 된다."

그는 말미에 혈영에게 시선을 주었다.

"소속은 비각이다!"

하나의 육체에 백가인과 백가환이라는 두 개의 자아를 가진 백영은 다음 날 아침이 되어서야 깨어나서 다시금 설무백과 마주할 수 있었다.

백가환의 고집으로 인해 내상이 상당했던 것이다.

다만 혼절에서 깨어난 백영은 백가환이 아니라 백가인이었다.

설무백의 거처로 백영을 데려온 제갈명이 한숨을 내쉬며 그 사실을 밝혔다.

"이놈은 가환이 아니라 가인입니다. 전날 무진개천에서 녀석의 태도를 보고 이놈에게 무언가 말 못할 사연이 있을 거라는 짐작은 했지만, 설마 그게 이런 몹쓸 병인 줄은 정말 상상도 하지 못했네요. 이 녀석 이거 아주 딴사람처럼 어제 있었던 일을 까맣게 모르고 있습니다."

설무백은 손을 까딱여서 투덜대는 제갈명을 가까이 불렀다.

제갈명이 영악하게 눈치를 챘는지 다가오지 않고 오히려 뒤로 물러나며 물었다.

"왜요?"

설무백은 슬쩍 곁에 시립한 공야무륵을 보았다.

제갈명이 기겁하며 다가왔다.

"갑니다, 가요!"

설무백은 면전으로 다가온 제갈명의 멱살을 거칠게 틀어잡았다.

"캑!"

제갈명이 혀를 빼물었다.

설무백은 상관하지 않고 멱살을 당겨서 얼굴을 마주하고 노려보며 말했다.

"내가 어제 뭐라고 했어? 병이 아니라고 했지? 태생이 그렇다고 했지? 설마 너만 못들은 거냐?"

"캑캑! 아, 아니요! 들었습니다!"

"들었는데, 왜 그래?"

"캑캑! 저, 저도 모르게 그만…… 다, 다시는 안 그러겠습니다!"

"왜? 그냥 계속하지?"

"캑캑! 아, 아닙니다! 캑! 저, 절대 다시는, 안…… 캑캑!"

"너 또 그러면 죽는다, 아주?"

"캑캑! 예, 주, 죽지 않도록 캑캑! 며, 명심 또 명심하겠습니다! 캑!"

설무백은 아무리 그래도 뻔뻔한 제갈명의 성격을 익히 잘 아는지라 믿을 수는 없었지만, 정말 죽을 듯이 붉어지는 얼굴 때문에 멱살을 놓아주었다.

"에구구……!"

제갈명이 제풀에 뒤로 나뒹굴었다.

설무백은 아무렇지도 않게 그런 그를 외면하며 백영에게 시선을 고정했다.

"가환의 존재를 왜 내게 말하지 않았지?"

백영이 망설이지 않고 대답했다.

"숨길 생각을 한 것이 아니라 그저 습관이 돼서 그래요. 말해도 믿는 사람이 거의 없고, 저만 미친놈 취급 받으니까 차츰 미리 밝히는 것보다 그냥 겪어 보게 하는 것이 낫다, 뭐 이렇게 생각이 바뀌더라고요. 저만이 아니라 가환이 생각도 그렇고요."

설무백은 반색하며 물었다.

"너희들 벌써 소통이 가능하다는 거냐?"

"벌써……요?"

백영이 고개를 갸웃거리며 정말 묘하다는 눈빛으로 설무백을 바라보았다.

"너무 이르다는 거네요? 그러니까, 우리가 생각보다 빨리 소통하고 있다는, 그런 뜻인 거죠?"

설무백은 실수를 했다고 생각했으나, 이미 엎어진 물이었다. 그는 굳이 감추지 않고 말했다.

"맞다. 나는 너희들이 서로의 존재를 알고 있는 것과 별개로 내후년, 바로 약관이 되어서야 비로소 소통한다고 알고 있었다."

사실이었다.

설무백은 그렇게 알고 있었고, 그건 전생에서 당사자인 백영의 입으로 들은 얘기였다.

그런데 벌써 가인과 가환의 소통이 가능하단다.

전생의 백영이 그에게 거짓말을 했을 리는 없으니, 이 또한 역사가 바뀌었다는 뜻이리라.

"벌써 반년 전의 일입니다. 잠들기 전에 또는 잠에서 깨어나기 직전에 잠시 소통할 수 있죠. 그래서……."

백영이 정말 신기하다는 투로 설무백을 연신 이리저리 살펴보며 말을 이었다.

"아까 깨어나기 전에 가환이에게 들은 얘기가 아주 많았어요. 애가 무척이나 흥분해서 떠들더라고요. 얘기를 들으면서도 내내 반신반의했는데, 이제 보니 정말이네요. 정말 가환이가 사부의 끄나풀로 오해할 만해요. 사부가 아니라면 대체 어디서 우리 얘기를 들은 거죠?"

설무백은 자못 눈살을 찌푸리며 입을 열었다.

대답이 아니라 오히려 질문이었다.

"그런데 반년 전부터 서로 소통하기 시작했다면 왜 아직도 음양쌍벽의 음정신공(陰精神功)과 양정신공(陽精神功)을 익히지 못한 거냐?"

백영이 얼어붙은 표정으로 마른침을 삼키며 말했다.

"가환이에게 뭐라고 타박할 일이 아니었네요. 이제 저도 의심이 가기 시작하는 걸요?"

"의심은 나중에, 대답이 먼저다."

설무백은 냉정하게 다그쳤다.

"왜 아직 음정신공과 양정신공을 익히지 않은 거냐?"

백영이 삼엄하게 변한 설무백의 기세에 눌려서 움찔하며 변명처럼 대답했다.

"저는 말 그대로 그냥 소통을 말한 겁니다. 나 여기 있는데, 너 거기 있냐, 정도의 의사표현이요."

익히지 않은 것이 아니라 익히지 못했다는 뜻이었다.

"그래?"

"본격적으로 대화를 나눌 수 있게 된 지는 얼마 되지 않았습니다. 그게 방금 말해 준 음정신공과 양정신공인지는 모르겠지만, 소진 사부와 소곽 사부가 우리에게 각기 따로 전해 준 운기토납법의 구결이 판이하게 다르다는 것을 알게 된 것도 불과 얼마 전의 일이었고요."

"그랬군."

설무백은 이제야 납득하고 수긍하며 말했다.

"각기 서로 알고 있는 심공의 구결을 교환하고, 각기 서로 알고 있고 있는 심공과 조화를 이룰 수 있도록 수련해라. 그렇게 음양귀일(陰陽歸一)의 단계를 거쳐 일월합벽(日月合闢)의 경지까지 오르면 마침내 너희들 모두 음양쌍벽조차 도달하지 못

천외천의
주인

한 태양(太陽)과 태음(太陰), 소양(少陽)과 소음(少陰)을 자유자재로 부릴 수 있는 사상인(四象人)의 경지를 이룰 수 있을 거다."

그는 정말 하루 빨리 그날이 왔으면 좋겠다는 기분으로 미소를 지으며 말을 덧붙였다.

"그게 음양쌍벽이 너희들을 선택한 이유다. 그건 너희들만이 할 수 있는 일이니까."

백영이 입을 다문 채 멀거니 그를 바라보고 있다가 불쑥 물었다.

"제게 해 줄 말은 그게 다입니까? 뭐 더 없나요?"

있었다.

"이제 너와 가환의 이름은 백영이고, 우리 풍잔의 비각 소속으로 내 곁에 머물게 될 거다."

"또요?"

"우리 풍잔에 너희들보다 못한 사람은 거의 없다. 그리 알고 가환이에게 그리 전해라. 괜한 고집으로 그나마 성한 늑골이 부러져서 너까지 고생시키지 말고 품행단정하게 굴라고."

지금의 백영은 늑골이 무려 세 개나 부러진 상태였다.

어제 대력귀의 원앙각에 당한 상처였다.

"와……! 정말 대단하시네요."

백영이 정말 어이없다는 듯 탄성을 발하며 삐딱하게 설무백을 바라보았다.

뭐 이런 사람이 다 있나 하는 표정이었다.

전후 사정에 대한 아무런 설명도 없이 그저 일방적으로 명령을 내리는 설무백의 태도가 그의 입장에선 황당하기 짝이 없는 것이다.

그는 그런 기색으로 비아냥거렸다.

"정말 궁금해서 그러는데요. 혹시 이런 식으로 구슬려서 곁에 남은 바보들이 있습니까?"

"있지."

설무백은 대수롭지 않게 대꾸해 주며 이내 비각의 요원들을 차례대로 호명했다.

"혈영!"

"옙!"

작은 신장이지만 어깨가 종처럼 넓은 애꾸눈의 혈영이 고개를 숙인 모습으로 홀연히 설무백의 면전에 나타났다.

"사도!"

"옙!"

왼팔이 없는 외팔이 사내, 사도가 삼엄한 모습으로 혈영의 우측에서 불쑥 솟아났다.

"흑영!"

이번에는 오른팔이 없는 외팔이 사내, 흑영이 예전과 달리 바싹 말라서 강팍해 보이는 얼굴로 혈영의 좌측에서 모습을 드러냈다.

백영은 너무 놀란 나머지 절로 두 눈을 화등잔처럼 크게 뜨며 침을 삼켰다.

그럴 수밖에 없었다.

하나의 육체에 두 개의 자아를 가졌다는 태생적인 이유와 일찍이 음양쌍벽을 만나서 눈칫밥을 먹으며 살아온 환경으로 인해 그는 늘 주변의 동향에 더 없이 민감했다.

그런 그가 지금 주변에 사람이 있었다는 것도 전혀 몰랐을 뿐만 아니라, 보란 듯이 하나씩 모습을 드러내는 사람이 대체 어디서 나타나는 것인지 전혀 알 수가 없었다.

귀신이 무색할 정도로 신출귀몰한 모습이었다.

그의 눈에는 다들 도깨비처럼 바닥에서 불쑥 솟아난 것으로 밖에는 안 보였다.

이들은 정말 여태 그가 만나 본 무인들과 차원이 다른 무림의 고수들인 것이다.

툭!

설무백이 너무 놀라서 얼어붙어 버린 그의 어깨를 건드렸다.

그가 흠칫 놀라서 바라보자, 설무백이 아무렇지도 않게 물었다.

"더 있는데 마저 불러 줘?"

"아, 아니요! 이 정도면 충분합니다!"

백영은 황망히 대꾸하고는 이내 털썩 무릎을 꿇으며 바닥에 엎드렸다.

"이제부터 제 이름은 백영이고, 비각의 일원으로 여기 풍잔에 남겠습니다!"

제갈명이 나서며 그런 백영에게 면박을 주듯 요구했다.

"주군! 주군이시다!"

백영은 잠시 어리둥절해서 고개를 들고 제갈명을 쳐다보다가 이내 깨달으며 새삼 설무백을 향해 머리를 조아렸다.

"아, 예. 주군!"

그가 그렇게 인사를 끝내고 고개를 들었을 때, 장내에는 이미 혈영 등의 모습이 사라지고 없었다.

대신 그가 혹시나 하고 주변을 둘러보는 사이, 붉은 그림자 하나가 유령같이 코앞에 나타났다.

"헉!"

백영은 기겁하며 엉덩이를 뒤로 끌었다.

붉은 그림자가, 그가 이내 정신을 차리고 보니 요사스러울 정도로 뛰어난 미색을 가진 붉은 비단옷의 소녀인 요미가 샐쭉해진 표정으로 설무백을 돌아보며 말했다.

"괜히 구박하지 마. 오빠가 안 불러 줘서 그냥 인사나 하려는 거니까."

설무백이 어련하겠는 표정으로 어깨를 으쓱했다.

요미가 그제야 고개를 돌려서 숨을 멈추고 있는 백영을 바라보며 사뭇 매섭게 말했다.

"나는 요미라고 해. 그리고 미리 말해 두는데, 내가 너보다

천하제일의
주인

나이는 어리지만, 엄연히 선배니까 까불지 마. 안 그러면 다친다, 너?"

인사가 아니라 경고였다.

그러나 백영도 그리 호락호락하지 않았다.

아니, 어쩌면 너무 솔직해서 그렇게 느껴지는지도 몰랐다.

"알았어. 하지만 지금은 그런다고 말해도 나중에 어떻게 변할지는 나도 몰라. 알다시피 지금 네가 보는 이 몸은 나만의 것이 아니거든."

요미가 웃었다.

"그건 걱정하지 마. 그 녀석도 내가 알아서 고분고분하게 만들어 놓을 테니까."

백영은 멍해져서 대답도 하지 못하며 요미를 바라보았다.

무시하는 듯한 그녀의 말과 상관없이 그녀의 마력적인 미소에 홀려 버린 까닭이었다.

그녀의 미소는 정상적인 미소가 아니라 일종의 사술이 가미된 미소였다.

설무백이 대번에 그것을 간파하며 준엄하게 요미를 불렀다.

"요미!"

"쳇!"

요미가 물러나며 투덜거렸다.

"장난도 못 치게 하네. 알았어, 안 하면 되잖아."

말이 끝나기도 전에 그녀의 신형이 물거품이 터지듯 폭하고 그 자리에서 사라졌다.

설무백은 한층 더 완숙의 경지로 다가선 그녀의 사천미령 제신술에 내심 감탄을 금치 못했지만, 애써 내색을 삼가며 짧게 백영을 불렀다.

"백영!"

넋이 나간 표정이던 백영이 퍼뜩 정신을 차렸다.

실제로 백영은 요미의 미혼술을 벗어나지 못해 멍한 상태였고, 그것을 안 설무백이 모종의 기운이 실린 음성으로 그의 정신을 일깨운 것이었다.

백영은 영특하게도 그것을 깨달으며 얼굴을 붉혔다.

"외람된 말이나, 솔직히 겁나네요. 곁에 저런 고수들이 즐비한데, 저 같은 놈이 무엇을 할 수 있을까 걱정이 앞섭니다."

설무백은 대수롭지 않게 고개를 저으며 말했다.

"걱정마라. 너는 자신을 너무 과소평가하고 있을 뿐이다. 내가 장담하는데, 너는 빠르면 삼 년, 늦어도 이 년이면 방금 전 희롱하던 요미를 따라잡을 수 있다."

백영이 도무지 믿을 수 없다는 표정으로 커진 두 눈을 끔뻑거렸다.

암중에서 요미가 고까워했다.

"쳇!"

그때 밖에서 다가서는 인기척이 들렸다.

천타였다.

문을 열고 안으로 들어온 그가 조심스럽게 설무백의 곁으로 다가서며 말했다.

"주군, 손님이 찾아왔습니다."

설무백은 전에 없이 픽 웃었다.

"노력은 가상하다만……!"

그는 돌발적으로 손을 내밀어서 고개 숙인 천타의 목을 사납게 움켜잡으며 말했다.

"실패다, 사사무!"

군웅할거 群雄割據 (2)

"크윽!"

천타가, 사실은 고도의 역용술을 통해 천타의 모습으로 화한 사사무가 신음을 억누르며 반사적으로 두 손을 내밀어서 설무백의 손목을 비틀었다.

그러나 설무백의 손은 꼼짝도 하지 않았다.

그 상태로 설무백이 말했다.

"실망스럽게도 너는 오늘 무려 세 가지나 실수를 했다."

"익!"

사사무는 크게 당황해 설무백의 손목을 붙잡고 늘어졌다.

옆으로 비틀어지지 않자 눌러서 꺾으려는 것인데, 그마저 통하지 않았다.

설무백의 손목이 전혀 눌려지지 않은 까닭에 그의 몸이 허공에 떠 버렸다.

사사무는 생각을 바꾸어서 사력을 다해 물러났으나, 결과는 마찬가지였다.

설무백의 손은 마치 거대한 쇠기둥처럼 요지부동이었다.

그사이 설무백이 다시 말했다.

"첫째, 천타는 문밖에서 출입을 묻는다."

사사무는 설무백의 말과 상관없이 다시금 생각을 바꾸었다.

방어나 회피가 안 된다면 남은 것은 공격뿐이었다.

순간적으로 소매 속으로 들어갔다가 나온 그의 두 손에 각기 서슬이 시퍼렇고 붉은 두 자루 단도가 들렸다.

무림 십대 흉기 중의 사망비(死亡匕)와 혈음비(血飮匕)였다.

동시에 그 두 비수가 섬광처럼 빠르게 움직여서 설무백의 목과 옆구리를 노렸다.

그러나 방어나 회피를 할 수 없는 것처럼 공격 역시 통하지 않았다.

설무백이 한 손이 늦게 반응했으나 오히려 빨리 움직여서 목을 노리는 사망비를 낚아채며 아래로 내려가서 옆구리를 노리던 혈음비마저 움켜잡았다.

사사무의 손은 와중에도 사망비와 혈음비의 손잡이를 놓치지 않고 있었기 때문에 흡사 설무백의 한손에 그의 두 손이 제압당한 것 같은 모습이었다.

"어, 어떻게……?"

사사무는 너무 어처구니가 없어서 말도 제대로 나오지 않았다. 지금 설무백은 천하의 십대 흉기 중 두 개를 맨손으로 움켜잡고 있었다.

이건 정말 눈으로 보면서도 믿기지 않는 상황이었다.

설무백은 그런 그의 당황에 아랑곳하지 않고 하던 말을 계속했다.

"둘째, 천타를 비롯한 광풍대원들은 상대가 누구든, 어떤 상황에서든 절대 상대의 시선을 놓치지 않는다."

사사무는 귓속을 파고드는 설무백의 말을 애써 무시하며 사력을 다해서 수중의 사망비와 혈음비를 비틀었다.

아무리 생각해도 무림 십대 흉기에 속한 사망비와 혈음비를 맨손으로 잡는다는 것은 있을 수 없는 일인지라, 사정없이 비틀어서 손바닥을 갈기갈기 찢어 버리려 한 것이다.

설무백이 그 순간에 사망비와 혈음비를 움켜쥐고 있던 손을 펼쳤다.

사사무는 제풀에 지쳐서 속절없이 뒤로 나자빠지며 엉덩방아를 찧었다.

설무백이 그런 그를 무심하게 내려다보며 다시 말했다.

"마지막으로 나는 변체환용이 가능한 절대극상의 역용술도 꿰뚫어 볼 수 있는 눈을 가졌는데, 너의 역용술은 고작 삼류에 불과했다."

사사무는 넋이 나간 표정으로 설무백을 바라보았다.

천타와 같은 얼굴이면서도 어딘지 모르게 달라 보이는 그의 얼굴이 스르르 무너지며 본래의 얼굴로 돌아가고 있었다.

그리고 그렇게 돌아간 그의 얼굴에는 폐부를 찔린 것 같은 고통의 그림자가 짙게 드리워져 있었다.

그는 아무런 공격도 당하지 않았으나, 그 어떠한 공격보다 더 지독한 고통을 느꼈다.

자존심 혹은 자부심에 상처가 난 것이었다.

설무백은 그런 그의 마음을 아는지 모르는지 무심하게 현실을 일깨워 주었다.

"이제 두 번 남았다. 다음에는 오늘처럼 실망하는 일이 없었으면 좋겠다."

그는 보란 듯이 손을 털며 사사무를 외면하고는 얼빠진 모습의 백영과 어떻게든 끼어들 틈만 노리는 기색이던 제갈명, 그리고 늘 그렇듯 무덤덤한 공야무륵을 둘러보며 대청 밖으로 나섰다.

"풍신무궁으로 가자."

설무백 등이 망연자실한 모습으로 주저앉아 있는 사사무를 그대로 내버려 둔 채 대청을 나와서 도착한 풍신무궁에는 적지 않은 사람들이 기다리고 있었다.

풍잔의 최고령자들인 적현자와, 예충, 환사, 천월, 그리고 담태파야와 반천오객이 바로 그들이었다.

어울리지 않게 그들과 함께 하고 있던 풍사가 안으로 들어서는 설무백을 반갑게 맞이했다.

"오셨군요. 아니, 왜 이리 늦으신 겁니까? 어색해서 아주 죽는 줄 알았습니다."

풍사의 말마따나 장내에 모인 사람들은 그리 좋은 표정이 아니었다.

그들은 아직 편하게 어울리는 사이가 아닌지라 지시를 받고 그들을 한자리에 불러 모은 풍사는 설무백을 기다리는 내내 난감하기 짝이 없었던 것이다.

"어, 미안. 예정에 없던 자객을 하나 처리하느라 늦었어."

풍사의 눈이 커졌다.

"자객요?"

"신경 쓸 것 없어."

설무백은 무심하게 손을 내저으며 적현자를 일별했다.

"쓸 만한 자객이니까."

"예?"

풍사를 비롯한 거의 모두가 어리둥절해했으나, 오직 적현자는 눈치챈 듯 설무백을 향해 말문을 열려다가 주변의 눈치를 보며 참는 기색이었다.

설무백은 더 이상 질문할 틈을 주지 않고 장내를 둘러보며 본론을 꺼냈다.

"다들 이래저래 바쁘실 텐데, 갑작스럽게 호출해서 죄송합니다. 다름이 아니라 몇 가지 아셔야 할 일도 있고, 부탁드릴 것도 있어서 이렇게 따로 자리를 마련했습니다. 각설하고……!"

그는 제갈명에게 시선을 돌렸다.

제갈명이 즉각 앞으로 나서서 천이탁을 통해 들은 천사교에 대한 이야기와 그들의 행사가 과거 이단의 사교로 악명을 떨친 생사교와 유사하다는 정황을 모두에게 설명했다.

설무백은 제갈명의 설명이 모두 끝나자 곧바로 이어서 말했다.

"제가 알아본 바에 따르면 지난 일이 년 사이 중원에서 실종된 어린아이들의 숫자가 무려 만을 헤아립니다. 그리고 다들 제가 얼마 전 형문파에서 구한 아이들을 아실 겁니다. 이는 천사교니 뭐니 하는 이단의 사교가 기존의 문파 내부에 깊숙이 침습해 있음을 대변합니다. 다시 말해서……!"

"혹시……?"

적현자가 넌지시 끼어들며 재우쳐 물었다.

"혈교라는 건가?"

설무백은 대답을 뒤로 미룬 채 질문했다.

"혈교주인 지옥혈제 파릉의 무공이 마교의 십대 마공 중

하나인 혈무사환공이라는 얘기를 들어 보신 적 있습니까?"

적현자가 눈살을 찌푸렸다.

"그거야 일부 호사가들의 말이지 않나."

설무백이 입을 여는데, 묵면화상이 나서며 먼저 말했다.

"중원에선 그게 일부 호사가들의 말일지 몰라도 변방에서는 그게 정석이었소, 검 노선배."

설무백은 재빨리 일견도인을 노려보았다.

일견도인이 벌써 말을 하려고 반쯤 벌린 입을 슬며시 닫았다. 덕분에 뒤를 이어 터져 나올 나머지 반천오객의 말문이 막혔다.

적현자가 그사이 슬쩍 묵면화상을 일별하며 설무백을 향해 물었다.

"주인 너도 그런 생각인 거냐?"

설무백은 울지도 웃지도 못하겠다는 표정으로 적현자를 바라보았다.

"주인이면 주인이고 너면 너지, 주인 너는 또 뭡니까?"

적현자가 버럭 고함을 질렀다.

"예의를 차리라고 했지 않느냐! 내 딴에는 지금 최대한 예의를 차리려고 애쓰는 거다!"

"그렇다고 치죠."

설무백은 어련하겠냐는 듯 손을 내젓고 말했다.

"아무려나, 혈교만이 아니라 그에 준하는 이단이 대거 등장한 것으로 봐야 한다는 것이 저의 생각입니다. 더 나아가서 최악의 경우까지도 생각하고 있고요."

"최악의 경우……?"

적현자가 고개를 갸웃하며 물었다.

"과거 혈교주 마릉처럼 마교의 십대마공을 익힌 자들이 대거, 아니, 전부 다 등장할 수 있다고 생각한다는 거냐?"

"그럴 수도 있고, 그보다 더 심할 수도 있지요."

"아니, 그보다 더 심한 게 어디에 있다고……."

무심결에 버럭 하던 적현자의 표정이 슬며시 굳어졌다.

뇌리를 스치는 무언가가 있었던 것이다.

설무백은 대수롭지 않게 그의 생각을 읽었다.

"구대마왕(九大魔王)과 십대마종(十大魔宗)의 등장, 그리고 천마재림(天魔再臨)이죠."

적현자의 안색이 변했다.

그를 비롯한 장내의 모두가 돌처럼 딱딱하게 굳어지고 있었다.

설무백은 태연하게 그들을 둘러보며 말했다.

"너무 긴장하지 마세요. 아직은 그저 짐작이고, 상상일 뿐이니까. 말 그대로 최악의 경우 그럴 수도 있다는 겁니다."

적현자가 문득 눈을 좁히며 야릇한 표정으로 설무백을 바라보았다.

"아직이라는 것은 우리 주인이 가지고 있다는 혜안 혹은 예지력이 미처 거기까지는 닿지 않는다는 뜻인가?"

설무백은 멋쩍은 기색으로 고개를 끄덕였다.

"확실히 그렇습니다. 저의 예지력으로도 거기까지는 미처 내다볼 수가 없네요."

세세하게 설명할 수 없는 일이긴 하나, 이건 엄연한 사실이요, 진심이었다.

전생의 기억으로 말미암아 그가 아는 미래인 환란의 시대에는 분명 천인공노할 대법으로 이루어진 사마공들이 난립하며, 그 속에는 마교의 십대마공에 속한 마공들도 있다.

그러나 설무백이 아는 것은 그게 전부이다.

그 마공이 어디서 왔고, 누구의 손에서 시작된 것인지는 그 역시 전혀 모른다.

그는 그걸 알아보기도 전에 죽었기 때문이다.

이채롭게도 그런 그의 아픔을 전혀 알 도리가 없는 적현자의 두 눈에 진중한 수긍의 빛이 흘렀다.

탁월한 혜안으로 설무백의 내면에 새겨진 전생의 아픔을 읽을 수 있어서가 아니었다.

그저 이제 적현자도 설무백을 아는 것이다.

젊음에 가려진 연륜과 무심함이 숨긴 통찰력, 허술해 보일 정도로 즉흥적인 언행에 깃든 냉정함으로 굳이 화를 내지 않아도 절로 들어나는 위엄을 가진 사람이 바로 설무백이었다.

그래서 적현자는 농담처럼 대꾸하는 설무백의 말에 웃기는

커녕 진지하게 응대했다.

"좋아. 이제 알 건 다 안 것 같으니, 어디 한번 부탁이 무언지 들어 보자. 하도 엄청난 말을 들어서 그런지 대체 어떤 부탁인지 자못 기대가 되는군그래."

설무백은 말문을 열기에 앞서 슬쩍 제갈명에게 시선을 주었다.

제갈명이 고개를 끄덕이고는 잠시 밖으로 나갔다가 문 밖에서 대기하고 있던 세 사람을 데리고 들어왔다.

그들은 새로운 식구들 중에서 가장 어린 축에 드는 비풍과 동곽무, 단예사였다.

적현자 등 장내의 모두가 어리둥절한 기색을 드러냈다.

설무백은 그에 아랑곳하지 않고 불쑥 한 사람을 호명했다.

"요미."

비각의 일원으로 혈영 등과 함께 암중에서 설무백을 호위하던 요미가 상냥한 목소리로 대답했다.

"예."

그리고 설무백의 어깨에 새처럼 쪼그리고 앉은 모습으로 홀연히 나타났다.

"쓰……!"

설무백은 시선도 주지 않고 혓소리로 위협했다.

요미가 움찔하며 아무런 사전 동작도 없이 그대로 깃털처럼 떠올라서 비풍 등의 곁으로 내려앉았다.

설무백조차 절로 감탄하게 만들 정도로 보통의 경신술과 궤를 달리하는 사천미령제신술의 조화였다.

애써 탄성을 누르고 내색을 삼간 설무백은 그제야 그들, 네 사람을 가리키며 적현자 등을 향해 말했다.

"다들 아시다시피 애들은 하나같이 타고난 무재들입니다. 저마다 피치 못할 내력으로 시작된 나름의 금제를 벗어나서 제대로만 자라 준다면 스스로 얼마든지 일가를 이룰 경지로 올라설 수 있는 아이들이죠. 다만 저는 그 시기를 앞당기고 싶습니다."

그는 더 없이 정중한 태도로 포권의 예를 취하며 고개를 숙였다.

"부탁드립니다."

적현자가 물었다.

"우리에게 이 녀석들의 기초를 다져 주고, 필요한 절기를 나누어 주라는 소린가?"

"예, 그렇습니다."

"이 녀석들 다 선대의 절기를 내면에 품고 있다고 들었으니, 아무거나 마구 전해 주라는 소리는 아닐 테고, 이미 따로 길을 정해 두었다는 뜻이겠지?"

"그야 물론이죠."

설무백은 기다렸다는 듯 인정하며 설명을 덧붙였다.

"비풍은 내공과 신법에 능하니, 정통으로 권장지학을 다루는 권법을, 단예사는 양강진기(陽剛眞氣)에 기반한 중검(重劍)을 다룰 테니, 무게보다는 변화에 치중한 환검(幻劍)을, 동곽무는 변화와 기교를 다루는 유검(流劍)을 다룰 테니, 단순하고 강렬한 강검(剛劍)을, 요미는……!"

"그건 내가……!"

내내 침묵한 채 설무백을 주시하고 있던 담태파야가 대뜸 설무백의 말을 가챘다.

"요미의 절대사공은 기본적으로 깊고 그윽해서 심오하나, 가볍고 산란하며, 무엇보다도 요사(妖邪)하므로 퇴폐와 타락의 길로 접어들거나 심마(心魔)에 빠지지 않도록 정종심공(正宗心功)의 정화를 채득해서 주화입마를 방지해야 합니다. 그리고 그건……!"

담태파야가 주름진 눈가에 파묻힌 고요한 눈빛을 슬며시 돌려서 적현자를 주시하며 말을 끝냈다.

"이 자리에서 오직 소림의 무상신공(無上神功)과 쌍벽을 이룬다고 알려진 무당의 태극유전(太極流轉)에 기반한 태극기공(太極氣功)을 익힌 귀하, 도우(道友)만이 할 수 있는 일이지요."

적현자가 한 방 맞은 표정으로 눈을 끔뻑이며 담태파야와 설무백을 번갈아 보았다.

"에……."

설무백은 본의 아니게 잠시 머뭇거리다가 이내 특유의 미온한 미소를 지으며 말했다.

"예, 그런 겁니다. 이해하셨죠?"

"무슨 말인지 이해는 했지만······!"

적현자가 묘하게 비틀린 표정으로 미소를 지으며 담태파야를 바라보았다.

"정작 가장 중요한 내용이 하나 빠졌군. 사공이 인성을 피폐하게 만들긴 하나, 소림무상신공이나 무당태극기공의 도움을 받아야 할 정도로 심대하고 심오한 절대사공은 그리 흔치 않아서 고작 손가락에 꼽을 정도야. 그런데 내가 알기로 그 대부분은 바로잡아 줄 것들이 아니라 사라져야 마땅한 마교의 사마공이란 말이지."

담태파야가 무슨 말인지 충분히 이해했다는 듯 고개를 끄덕이며 대답했다.

"도우의 그 의혹과 거부감은 아마 이 사람의 정체를 밝히는 것으로 대부분 해소될 것 같네요."

적현자가 삐딱하게 물었다.

"그대가 누군데?"

설무백은 대답에 나서려는 담태파야를 막아섰다.

"굳이 밝히지 않아도 괜찮습니다. 필요해서 얻은 사람이 이 정도도 해결하지 못하면 창피한 노릇입니다. 그리고 무엇보다도······."

그는 슬쩍 적현자를 일별하며 말을 이었다.

"지금의 그는 저의 종복이라, 이 자리에서 유일하게 부탁이 아닌 명령을 내려도 되는 사람이거든요."

적현자가 벌레 씹은 표정이 되었다.

그러나 그가 그러면서도 선뜻 나서지 않는 것은 설무백의 말이 사실이고 또 끝내 거부할 생각은 없기 때문일 것이다.

담패파야가 주름진 입가로 빙그레 웃었다.

그녀는 적현자의 태도를 충분히 느끼는 기색이면서도 굳이 고개를 저으며 말했다.

"괜찮네. 요미의 불완전은 나의 무지와 과욕으로 인해 비롯된 일이네. 선대의 유지에 따라 신문의 신공을 얻은 다음에 사문의 절기를 전했어야 했는데, 요미의 영특함에 눈이 멀어서 그게 무슨 대수이겠냐고 외면해 버렸으니 말일세."

담태파야의 사문인 전진도문은 신문과 사문, 마문으로 구분되는 세 개의 종파가 합일한 문파이며, 그들 상호간에는 떼려야 뗄 수 없는 역학 관계가 존재한다.

신문의 절기는 사문과 마문의 절기로 보완해야 하고, 사문과 마문의 절기는 신문의 절기로 보완해야 비로소 완성된다는 것이 바로 그것이다.

그런데 담태파야는 요미의 뛰어난 재기(才器)에 눈이 먼 나머지 그와 같은 철칙을 어기고 사문의 절기를 완성해 버리는 금기를 저질렀다.

설무백은 그것을, 바로 지금의 요미가 익힌 사천미령제신술은 완전하지 않으며, 그로 인해 머지않아 그녀가 감당하기 어려운 심마에 빠질 수 있다는 점을 파악하고 대책을 마련한 것인데, 지금 담태파야가 사문의 극비인 그걸 인정하고 나선 것이다.

설무백은 조용히 한숨을 내쉬며 물러났다.

이렇게까지 나오는데 어찌 그가 막을 수 있을 것인가.

담태파야가 주름진 입가에 새삼 부드러운 미소를 드리우며 그런 그를 향해 다시 말했다.

"나는 누가 뭐래도 요미의 할미일세. 내가 해결해도 시원찮을 일에 자네가 나섰는데, 할미인 내가 어찌 염치없이 숨어서 박수만 치고 있을 것인가. 자네에게는, 아니, 대당가에게는 그저 감사하고 또 감사할 따름일세."

설무백은 그저 인사를 받으며 더 이상 나서지 않고 침묵했다.

적현자와 환사, 천월 등의 얼굴이 의혹으로 일그러지는 가운데, 사정을 다 아는 반천오객은 애써 딴청을 부렸다.

담태파야가 그런 그들, 모두를 찬찬히 둘러보며 정중히 고개를 숙였다.

"정식으로 인사드리죠. 저는 구유차녀 담요이고, 그 이전에 전진도문의 후예로, 전진사문의 계승자입니다."

그녀의 시선이 적현자에게 돌아갔다.

"이제 이해가 되셨지요?"

적현자가 적잖게 놀란 듯 잠시 아무 말을 못하다가 뒤늦게 설무백을 향해 툴툴거렸다.

"이건 주인 네가 잘못한 거야. 이런 얘기를 이렇게 갑자기 해 버리면 대체 어쩌라는 게야."

설무백은 수긍하고 납득하고 이해할 수 있는 얘기는 짜증과 화로 푸는 적현자의 모난 성격을 이미 파악한 까닭에 대수롭지 않게 외면하며 환사와 천월을 향해 말했다.

"과거의 잘못이야 말 그대로 과거의 잘못인 거죠. 아니 그렇습니까?"

"그야 여부가 있겠습니까."

천월이 기다렸다는 듯이 대답하고는 슬쩍 환사의 옆구리를 찔렀다.

환사가 그제야 설무백에게 시선을 주며 눈을 깜빡였다.

다른 것에 한눈을 팔고 있다가 설무백의 말을 제대로 듣지 못한 것이었다.

천월이 새삼 환사의 옆구리를 찌르며 윽박질렀다.

"당연히 그렇다고, 무조건 알았다고 말하면 되는 일이다!"

환사가 마치 앵무새처럼 서둘러 그렇게 대답했다.

"당연히 그렇지요. 무조건 알았습니다."

설무백은 내심 고소를 금치 못했으나, 애써 내색을 삼가며 그냥 넘어갔다.

환사는 내내 그를 대하는 적현자의 태도에 노골적으로 불편한 심기를 드러내고 있었고, 그도 내색만 하지 않았을 뿐이지 벌써부터 그것을 알고 있었다.

그러나 이건 그가 나설 일이 아니었다.

설령 나선다고 해도 지금이 아니라 나중을 기약하는 것이 좋았다. 그는 어떻게든 적현자와 환사 등의 관계가 원만해지기를 바랐기 때문이다.

그는 그들의 성격상 지금 나서는 것이 사태를 악화시킬 뿐, 전혀 도움이 되지 않는다는 사실을 익히 잘 아는 것이다.

그런데 때마침 설무백은 나서고 싶어도 나설 수 없는 상황을 맞이하게 되었다.

설무백이 일단 분위기를 쇄신하려는 참인데, 인기척과 함께 안으로 들어선 호풍대주 광풍구랑 맹효가 말했다.

"손님이 방문했습니다, 주군."

"손님? 누구?"

"누군지는 밝히지 않았지만, 평소 주군을 흠모하고 앙모하는 사람이랍니다."

설무백은 대충 짐작이 가서 더 묻지 않고 돌아서서 풍신무궁을 나서다가 이내 다시 돌아서서 적현자와 환사 등을 번갈아보며 짐짓 냉정한 어조로 당부했다.

"싸움은 안 됩니다! 아셨죠?"

군웅할거 群雄割據 (3)

평소 설무백을 흠모하고 앙모한다고 밝힌 손님은 목자인(木
紫麟)이라는 자였다.

별호는 독두겸(毒頭鎌), 나이는 삼십 대 후반 이고, 섬서성
중부의 소화산(小華山)에 자리한 중소방파인 반양문(反兩門) 출
신으로, 지금은 무도를 연구하기 위해서 강호를 도는 소위
비무행에 나섰다고 말하는 사내였다.

맹효는 풍잔을 찾은 손님들의 이목이 신경 쓰였는지 독두
겸 목자인을 영내 깊숙이 자리한 연무장인 풍무장에 데려다
놓았다.

거기 풍무장에서 기다리던 목자인과 마주한 설무백은 누
군지는 몰라도 자신의 상대가 아님은 첫눈에 알아보며 은연

중에 맹효에게 눈총을 주었다.

맹효가 그의 눈총에 답했다.

"제 생각도 주군과 같았으나, 제갈 문상의 각별한 부탁이 있어서 그냥 내칠 수 없었습니다."

설무백은 제갈명에게 답변을 요구하는 눈빛을 던졌다.

제갈명이 사전에 준비해 두지 않았다면 절대 그럴 수 없을 정도로 즉각 대답했다.

"진정한 강호의 명숙은 자신을 찾아온 무도자를 절대 그냥 내쫓지 않습니다. 제아무리 명성을 얻기 위해 괜한 싸움을 거는 자들이 강호에 판을 치고 횡행한다고 해도 개중에는 진정으로 무도를 연구하기 위해서 비무행을 하는 무도가도 적지만 틀림없이 있으니까요. 비록 극소수일지라도 그들을 위한 배려라고 생각해 주십시오."

설무백은 대번에 제갈명의 말을 이해했다.

제갈명은 지금 어떤 식으로든 설무백의 명성이 악명으로 변질되는 것을 막으려는 것이다.

내심 고소를 금치 못한 설무백은 묵묵히 고개를 끄덕이며 예기치 않은, 아니, 예상은 했으나, 예상보다 빠르게 찾아온 비무자인 독두겸 목자인을 향해 물었다.

"내가 누군지 아나?"

"당연히 알고 있소. 지난 몇 달간 질풍노도처럼 강남을 휩쓴 흑포사신 설무백, 설 대협이 아니오."

'과하다 과해!'

설무백은 목자인의 거창한 금칠에 못내 닭살이 돋는 것을 느끼며 속으로 생각했다.

소문이 어느 정도 과장되게 퍼졌는지는 모르겠으나, 적어도 이게 누구의 입에서부터 시작된 소문인지를 밝혀내는 것은 그다지 어렵지 않을 것 같았다.

흑포사신과 여기 풍잔을 연결시킬 수 있는 사람은 그리 많지 않은 것이다.

그는 이제야말로 냉정하게 마음을 다잡으며 물었다.

"그래서 나를 찾아온 이유는?"

목자인이 앞선 제갈명처럼 사전에 준비해 둔 것처럼 또박또박 대답했다.

"군자(君子)는 자신을 알아주는 자를 위해 목숨을 바치는 법이오. 본인의 목숨은 이미 무도(武道)의 정신(精神)에 바쳤고, 당신이라면 본인의 마음을 익히 잘 헤아려 주리라 믿어 의심치 않아서 이렇게 찾아왔으니, 부디 한 수 가르침을 주기 바라오."

설무백이 앞으로 가급적 이런 귀찮은 일을 피하려면 과연 어떤 가르침을 주는 것이 좋을까 잠시 고민하는 사이, 뒤쪽에서 귀에 익은 목소리가 들려왔다.

"죽고 싶다는 얘기를 참 어렵게 말하네."

화사의 목소리였다.

그러나 설무백이 돌아보니 거기에는 화사만 있는 것이 아니었다.

어느새 모여들었는지는 몰라도 그녀 주변에는 앞서 풍신무궁에 떼어 놓고 온 예충 등을 제외한 거의 모든 풍잔의 요인들이 모여 있었다.

"이런 건 절대 놓칠 수 없죠. 재미도 재미지만, 우리에게도 실질적인 도움이 되는 구경이니까."

어깨를 으쓱이며 내놓은 화사의 변명 뒤로 천타와 대력귀 등 나머지 모두가 기다렸다는 듯 눈을 빛내며 고개를 끄덕이는 것으로 동조하고 있었다.

설무백은 어쩔 수 없이 그들을 외면하며 목자인을 향해 말했다.

"원한다면 얼마든지. 다만 난 적당히는 몰라서 그 한 수 가르침에 목숨을 걸어야 할 수도 있는데, 괜찮겠어?"

설마 그럴 리가 없다고 생각할 정도로 자신의 실력에 자부심을 가진 것일까?

목자인이 자신만만하게 싱긋 웃으며 대답했다.

"그게 바로 무도의 길이 아니겠습니까."

설무백은 새삼 닭살이 돋는 것을 느끼며 서둘렀다.

"알았으니, 그만 시작하자. 내가 좀 시간이 없어서 그래."

목자인이 사뭇 다부진 표정으로 고개를 끄덕이며 천천히 뒤로 물러나서 병기를 뽑아 들었다.

천외천의
주인

각기 손잡이가 쇠사슬로 연결된 두 자루 낫을, 이른 바 기문병기에 속하는 쌍겸(雙鎌)을 양손에 들고 있었다.

설무백은 그 모습을 보고 하마터면 웃음을 터트릴 뻔했다.

호리호리하다 못해 마른 편에 속하는 목자인이 각기 양손에 낫을 한 자루씩 들고 태세를 갖추자 마치 진짜 한 마리의 사마귀처럼 보였기 때문이다.

설무백은 애써 평정을 되찾고 마음을 다잡으며 목자인을 향해 손을 까딱였다.

"먼저 올 텐가? 아니면 내가 먼저 갈까?"

목자인의 표정이 싸늘하게 변했다.

분노가 일어난 모습, 당연한 반응이었다.

애써 터지는 웃음을 참긴 했으나, 지금 설무백은 어쩔 수 없이 입가에 미소가 떠오른 상태로 손을 까딱이며 선공을 묻고 있었다.

본의 아니게 누구라도 매우 모욕감을 느낄만한 태도를 취하고 있는 것이다.

목자인은 그런 설무백의 태도를 의도적인 도발로 간주한 것 같았다. 내내 유지하던 정중한 태도를 버리고 쌍스러운 욕설을 뱉으며 득달같이 달려들었다.

"건방진 그 대갈통을 반으로 쪼개 주마!"

설무백은 의도치 않게 상대를 격발시켰다는 것을 깨달으

며 멋쩍게 어깨를 으쓱했다.

그리고 쇄도하는 목자인을 향해 손을 뻗어 냈다.

순간적으로 그의 손이 검붉은 빛에 잠겼고, 그와 동시에 쇄도하던 목자인의 가슴에 검붉은 빛이 작렬했다.

천기혼원공을 기반으로 청마수와 구철마수의 조화시킨 절대의 장력이었다.

빡—!

뒤늦게 아름드리나무가 부러져 나가는 듯한 소음이 터졌다. 득달같이 쇄도하던 목자인이 비명조차 지르지 못한 채 저 멀리 날아가서 바닥에 처박혔다.

뒤에서 지켜보던 화사가 자신의 어깨로 곁에 있던 대력귀의 어깨를 툭 밀치며 물었다.

"봤어요, 언니?"

대력귀가 무색한 기색으로 한숨을 내쉬며 대답했다.

"……보긴 봤는데, 아무것도 안 보이던 걸?"

"다행히 죽진 않았네요."

제갈명이 나가떨어진 목자인의 기식을 살피고 수하들을 시켜 밖으로 내보내고 돌아와서 전해 주는 말이었다.

설무백은 절로 미간을 찌푸렸다.

"죽으면 안 되는 녀석이라는 건가?"

제갈명이 무슨 말을 그렇게 하냐는 듯 턱을 당기고 의심쩍게 쳐다보며 반문했다.

"모르셨어요?"

"뭘?"

"정말 모르셨구나."

설무백의 표정을 확인한 제갈명이 자못 크게 놀란 표정으로 가슴을 쓸어내렸다.

"어휴, 알고 계실 거라고 생각해서 미리 말씀 안 드렸는데, 하마터면 큰일 날 뻔했네."

설무백이 멀거니 바라보고 있자, 제갈명이 재우쳐 설명했다.

"잘 들으세요. 섬서성은 성도인 서안(西安)을 기점으로 이남은 종남파의 영역이고, 이북은 화산파의 영역입니다. 구대문파라는 체면에 대놓고 힘으로 눌러서 그렇게 공표한 것은 아니지만, 다들 암묵적으로 인정하는 사안입니다. 다들 어쩔 수 없이 그들의 영향력 아래 살아가니까요."

"반양문이 화산파의 지부격이라 저 친구를 죽이면 매우 곤란하다 이건가?"

"예, 뭐 대충 비슷합니다. 반양문의 문주인 자오선(紫烏扇) 주생(住笙)은 화산파의 제자가 아니지만, 반양문이라는 간판을 지키기 위해 줄곧 화산파에 조공을 받치고 있으니까요."

"……!"

설무백은 문득 한 방 맞은 표정이 되었다.

제갈명의 참견이 화산파를 걱정하는 것이라고 생각했는

데, 그게 아니었다.

이제 보니 제갈명은 그와 반대되는 생각을 하고 있었다.

"그러니까, 반양문이 화산파의 그늘에 있을 뿐, 화산파와 관계가 없으니 저 친구를 죽이는 것이 곤란하다는 거야?"

"바로 그겁니다."

제갈명이 고개를 끄덕이며 활짝 웃는 낯으로 부연했다.

"반양문은 섬서성에 있는 그런 문파들의 대형격인데다가, 하물며 저 친구는 반양문주인 주생이 매우 아끼는 부인의 동생이거든요. 즉, 주생의 처남이요."

설무백은 이제 더 들을 필요가 없이 충분히 이해하고 수긍하며 고개를 끄덕였다.

"알았어. 잘 치료해서 돌려보내도록 해."

그리고 돌아서려는데, 제갈명이 다급히 잡았다.

"잠시만!"

설무백이 다시 돌아서서 바라보자, 제갈명이 어색한 미소를 흘리며 곁에 서 있는 맹효에게 시선을 돌렸다.

"아직 더 있답니다."

맹효가 멋쩍은 기색으로 그의 시선을 마주하다가 불쑥 풍무장의 입구를 가리켰다.

"마침 저기 오네요."

두 사내가 풍무장으로 들어서고 있었다.

이번 서열 비무에서 기존의 십삼랑인 백주사를 십사랑으

로 주저앉히고 새로운 십삼랑이 된 토웅과 작달막하고 배가 불룩 튀어나온 체형의 낯선 사내 하나였다.

설무백은 왠지 모르게 불길한 기분에 사로잡히며 슬쩍 제갈명을 쳐다보았다.

"설마 더 있나?"

제갈명이 대답 대신 맹효에게 시선을 돌렸다.

맹효가 대번에 설무백의 기분을 읽은 듯 난처한 기색으로 대답했다.

"객청에 두 명이 더 기다리고 있습니다."

"두 명이나 더……?"

설무백은 당혹스러웠다.

아니, 보다 솔직히 말하면 기분이 묘했다.

기실 그는 전날 이것을 강호의 유명세로 비유한 제갈명의 충고를 들었을 때부터 걱정이나 부담감 따위보다 기대감이 더 앞섰다.

제갈명이 말하는 강호의 유명세를 겪어 보지 못해서가 아니었다.

전생인 흑사신 시절의 그가 지겹도록 겪고 또 겪어 본 것이 바로 강호의 유명세였다.

당시 그는 하루가 멀다 하고 찾아오는 비무자들 때문에, 소위 무도가들로 인해 한 달이 넘도록 하루도 제대로 쉬지 못하는 홍역도 겪어 보았다.

따지고 보면 피도 눈물도 없다는 악명과 당당히 흑도제일 고수의 권자를 노린다는 흑사신의 명성은 그로 인해 더욱 널리 퍼져 나갔다고 볼 수 있었다.

내로라하는 절정의 고수들만을 찾아다니는 진정한 무도자들만이 아니라, 단순한 호기심이나 또는 명예에 눈이 먼 하류배도 수도 없이 그를 찾아왔기 때문에 더욱 그랬다.

그는 모든 비무자들을 매우 진지하게 대하며 추호도 손 속에 사정을 두지 않았고, 그 덕분에 혈영과 흑영 등처럼 고굉지신을 자처하는 수하를 얻은 데 반해, 숱한 단칼 승부로 인해 잔혹한 흑도라는 낙인도 찍혔던 것이다.

물론 또한 그로 인해, 즉 목숨을 걸어야 한다는 이유로 그를 찾아오는 자들이 빠르게 줄어들어 갔지만 말이다.

설무백이 강호의 유명세를 두고 은근한 기대를 가진 이유는 바로 그 때문이었다.

과연 전생과 많이 다른 시국인 지금도 같을까 하는 의문이 들기도 했으나, 그에 앞서 충분한 경험과 얼마든지 감당할 수 있다는 자신감을 가진 그로서는 이번 상황을 나름의 기회로 삼을 수도 있지 않을까 하는 생각이 들었다.

바로 전생에 혈영 등을 얻었던 것처럼 새로운 인연을 만날 수 있는 기회 말이다.

그런데 정말 그렇게 돌아가고 있는 것이다.

"거참, 묘하네요. 어째 매우 기뻐하는 눈치인 것 같으니 말입니다."

제갈명의 말이었다.

그는 참으로 묘하다는 듯 연신 고개를 갸웃거리며 설무백의 눈치를 살피고 있었다.

설무백은 상념의 늪에서 벗어나며 맹효에게 지시했다.

"가서 그 친구들 다 데려와."

맹효가 멍해진 표정으로 눈을 깜빡였다.

설무백은 그런 맹효를 대수롭지 않게 외면하며 토웅을 따라서 지근거리로 다가온 작달막하고 배불뚝이인 사내를 향해 물었다.

"명호는?"

작달막하고 배불뚝이인 사내가 정중히 두 손을 모아서 포권의 예를 취하며 걸걸한 목소리로 대답했다.

"돈황(敦煌)에서 온 염왕수(閻王手) 허적(虛寂)이오! 흑포사신 설 대협의 명성을 듣고 이렇게 찾아왔으니, 부디 매정하게 내치지 말고 한 수 가르침을 주기 바라겠소!"

설무백은 가만히 고개를 끄덕이면서도 못내 입맛이 썼다.

아쉽게도 상대가 염왕수라는 거창한 별호가 무색하게 그의 상대로는 많이 부족하다는 것을 알아보았기 때문이다.

물론 그렇다고 이제 와서 내칠 수는 없는 일이이었다.

설무백은 앞으로 나서며 나직한 어조로 지금 가야 한 말아야 하나 망설이는 기색인 맹효를 재촉했다.

"뭐 해? 어서 서두르지 않고!"

그때, 풍신무궁에서는 설무백의 당부가 무색하게 적현자
와 무림쌍괴의 격전이 벌어지고 있었다.

당연하게도 먼저 도발한 것은 환사였다.

환사는 이유 여하를 막론하고 설무백을 존중하지 않고 막
말로 하대하는 적현자의 태도를 도저히 용납하기 어려웠다.

그는 그 점을 지적하며 따졌으나, 적현자는 인정하지 않았
다.

적현자는 그런 환사의 태도를 괜한 시비요, 주제넘은 오지
랖이라고 무시했다.

환사는 참지 않았고, 적현자도 참을 이유가 없었기에 말
싸움이 몸싸움으로 변한 것도 한순간의 일이었다.

대부분의 싸움이 다 그렇듯 서로 간에 오가던 '건방지다',
'까불지 마라' 등의 경고가 '죽고 싶냐?', '살기 싫으냐?' 등의
협박으로 이어지다가 결국 '죽인다!'로 바뀌었고, 그들은 누
가 먼저랄 것도 없이 동시에 나섰다.

"애들처럼!"

눈총을 주며 투덜거리긴 했으나, 그런 그들, 적현자와 환
사의 싸움에 천월이 끼어든 것도 어찌 보면 예정된 수순이

었다.

적현자와 환사는 모습만 다를 뿐, 마치 한 몸에서 떨어져 나온 쌍둥이처럼 과격하고 흉포한 성격의 소유자들이었고, 무공의 경지도 쌍벽을 이루어서 우열을 가릴 수 없었다.

사실 이건 무당마검이라는 별호 이전에 천하제이고수라는 평가를 받던 절대 고수인 적현자의 입장에선 미치고 환장할 정도로 어처구니가 없는 일이었으나, 엄연한 현실이었다.

과거 전설의 낭왕을 보필하던 좌우비위 중 천인랑의 진전을 모두 이어받은 후예인 환사의 무공은 그저 천방지축의 풍진괴인이라고 알려진 세간의 소문과 달리 그와, 바로 살아있는 전설이라는 무당마검과 버금가는 것이다.

천월이 나선 이유가 그 때문이었다.

살아있는 전설로 불릴 정도로 초극의 무위를 가진 두 고수가 격돌하자, 풍신무궁의 바닥은 순식간에 군데군데 웅덩이가 파인 진창처럼 변했고, 사방의 벽에는 쩍쩍 금이 간 곳이 적잖게 눈에 띄었다.

그대로 둔다면 풍신무궁의 모든 것이 폐허로 변할지도 모를 판이라, 천월은 순전히 그들의 싸움을 말리려고 나섰던 것이다.

그러나 애초에 적현자나 환사나 누가 말린다고 순순히 물러날 성격들이 아니었다.

그렇다고 천월이 강제로 그들의 싸움을 말릴 수 있는 입장도 되지 못했다.

그들의 싸움을 강제로 말리려면 그들의 무위보다, 정확히는 그들, 두 사람이 합해진 공력보다 높거나 최소한 비등해야 하는데, 천월의 능력은 거기에 미치지 못했기 때문이다.

그 바람에 싸움을 말리려고 나섰던 천월은 싸우는 그들의 뒤치다꺼리나 하는 청소부가 되었다.

격돌의 여파로 폭발하고 비산하는 강기를 막고, 차단해서 최소한 풍신무궁이 폐허로 변하는 것만큼은 저지하고 있었던 것이다.

그나마 다행인 것은 적현자와 환사가 치열하게 격돌하는 와중에도 사력을 다하지는 않고 있었다.

그들도 최악의 상황은 피하고 싶은지 알게 모르게 조심하는 모습인 것이다.

풍신무궁의 한쪽 벽면, 담벼락 위에 앉은 새처럼 줄줄이 쪼그리고 앉아서 그런 그들의 싸움을 구경하던 반천오객이 그 모습을 지적하며 툴툴거렸다.

"저럴 거면 대체 왜 싸우는 거야?"

"자존심과 오기, 신념과 억지 사이의 방황인 거지."

"지랄, 아주 고상을 떨어요. 간단하게 쓸데없는 감정싸움이라고 말하면 되잖아."

"그게 뭐든 이대로 두었다가 한순간 삐끗하면 탈이 나도 정말 크게 나겠는 걸?"

"감정싸움이 객지 나와서 고생……이 아니라……."

언제나 반천오객의 대화를 방관으로 마무리하던 소광동자가 전에 없이 중간에 말을 멈추고 지근거리에 옹기종기 모인 다른 사람들 속에 서 있는 예충에게 시선을 주며 말했다.

"우리가 나서면 여기 주변이야 조금 심하게 망가질 테지만, 어찌어찌 싸움을 말릴 수는 있을 것 같은데, 괜찮겠소?"

예충이 천만에 말씀이라는 표정으로 말을 받았다.

"어찌어찌가 아니라 마구잡이라도 말릴 수 있다고 생각했으면 내가 나섰을 거네. 검 노선배는 몰라도 저기 환사 저 종자는 이런 일에도, 아니, 이런 일이라서 끝내 목숨을 걸 준비가 되어 있는 고집불통이라 어림도 없네."

그는 고개를 절레절레 흔들며 부연했다.

"장담하는데, 저 종자는 죽으면 죽었지 절대 물러서지 않을 게야."

반천오객이 이제야 사태의 심각성을 깨달은 듯 무거운 기색으로 바뀌었다.

다른 사람들도 그랬다.

그나마 태연한 기색인 풍사가 나섰다.

"그렇다고 마냥 지켜만 보고 있을 수는 없지요. 이대로 두면 정말로 누구 하나 크게 다치게 됩니다."

"음."

예충이 침음을 흘리며 망설였다.

장내의 모든 시선이 고민하는 그에게 집중되는 그때였다.

격전이 벌어지던 동안 담태파야와 둘이서만 저만치 따로 앉아서 내내 무언가 담소를 나누고 있던 요미가 벌떡 자리를 박차고 일어나며 말했다.

"정말로 이대로 두면 누구 한 사람 크게 다칠 것 같으니까, 내가 가서 오빠에게 한번 물어보고 올게. 그냥 내버려둬도 괜찮은지."

요미의 목소리는 그리 크지 않았다.

하물며 적현자와 환사는 지상을 박차고 날아올라 저 높은 풍신무궁의 천장 바로 아래서 격돌하며 하나처럼 붙었다가 떨어지고 다시 마주쳤다가 서로 교차하는 순간이라 장내는 그들의 뿜어내는 엄청난 강기의 파열음 속에 잠겨 있었다.

그러나 그들은 그녀의 얘기를 들은 것 같았다.

그들은 순간, 서로 멀리 떨어지더니 지상으로 내려와서 거짓말처럼 싸움을 끝냈다.

다음 권으로 이어집니다

맹물사탕 현대 판타지 장편소설

다시 사는 재벌가 망나니

1994년으로 돌아간 재벌가의 사냥개 슈퍼 국민학생 되다!

억울하게 재벌가 망나니와 함께 죽었는데
눈떠 보니 30년 전 초딩, 아니 국딩?
심지어 내가 아닌 그 망나니 놈의 몸!

정신없는 재벌가의 밥상머리 경제학과 함께
시나브로 회복하는 망나니 시절의 평판
과거 지식으로 연예계, IT 안 가리는 사업 성공까지

"그나저나…… 30년 뒤 이 몸을 죽이라고 사주한 건 누구지?"

재벌가 도련님으로 시작하는 두 번째 인생
엄친아를 뛰어넘는 국딩 CEO 라이프!

ROK
MEDIA
로크미디어

폐황제가 되었다

송제연 판타지 장편소설

팔자 편한 빙의물은 가라!
고생길 예약된 독자 출신 폐황제가 보여 주는
본격 스포 주의 생존기!

인기 없는 판타지 소설 '포킹덤'의 유일한 독자 민용
갑작스러운 완결 소식에 놀랄 새도 없이
다음 날, '포킹덤'의 폐황제 익스가 되어 눈을 뜨는데……

'그런데 이 녀석…… 사흘 뒤에 죽지 않나?'

외진 땅, 부족한 인재, 부실한 재정
뭐 하나 멀쩡한 게 없는데 목숨까지 왔다 갔다 한다?
믿을 구석은 대륙 곳곳에 숨어 있는 인재들뿐!

앞일을 내다보는 황제에게 불가능은 없다
모든 건 내 머릿속에 있을지니!